U0002940

在那天空的彼端

貓咪詩人@著

他說，我和他想像中的不一樣；
他說，我像朵脆弱的溫室花朵，令人忍不住想照顧。
但為什麼，他卻選擇牽起別人的手？
又為什麼，那個呵護守候我的人不是他？
好多人、好多事，在那個年少輕狂的青春裡，我不懂得好好珍惜，
只能夠在事過境遷、人事已非，流過太多眼淚之後，才看清自己的不該。
那些因為任性執著而留下的遺憾，是否，還有機會彌補重來？

【作者序】天空彼端的幸福

這篇小說耗時將近一年，很多人都笑我，天啊，妳的速度也太慢了吧？

是呀，我也不知道為什麼，在寫「雨天的呢喃」時日子過得很快，每天思緒都是飽滿，可在寫「天空」的時候，我總感到自己隨時都會被掏空，搖搖晃晃、站不住腳的，然後又要好一陣子才能重新振作，把自己灌滿。

我猜，自己還不夠成熟，文筆更不到精練。

所幸，這段日子背後多了許多默默支持的力量，總在靈感枯竭的夜裡，看看線上還有誰可以聊聊，我發現，自己原來並不孤單。

寫作期間，可能因為寫了很多有關國中生活的點點滴滴，我開始回顧起自己當時的青春與小小叛逆。春節放假回到東勢，國中同學忽然臨時起意辦了個同學會，看見整整七年不見的同學，那些都是當年惹得老師恨得牙癢癢的調皮鬼呀，如今男的俊女的俏，看著他們卻已經認不得我，心中百感交集，但失落多於驚喜。

所以那些年少輕狂，我把它留在故事裡，希望閱讀的人同時也能偶爾勾起很久很久以前遺落的什麼……

故事中的沈君簡，其名來自夢中，當時自己還是個十分嗜睡、一沾到枕頭就昏睡的專科生，夢裡，有著像是古老電影的畫面，而夢中女孩就叫作君簡，醒來，我問室友海倫，有沒有一個故事的主角叫「君簡」的呀？她則笑著說，有呀，等妳寫了就有。

終於，隔了好多年，終於有個以君簡為主角的故事，而海倫，卻不知道是不是早就忘記她是那樣回答我的。

有網友說，他從故事中看見君簡的成長，畢竟一開始她是個不討喜的女孩，是溫室裡的花朵，沒有如閑的鮮明個性也沒有紫萸的馨香溫柔，直到失去雙親呵護，才漸漸成熟堅強，雖然峰迴路轉，但我想君簡還是幸運的，因為最後她懂得了要去珍惜愛她的人，把握幸福。

只是，故事仍有小小缺憾，紫萸的暗戀、如閑的早婚，還有邵強……，以為生命就是美好之際，卻又發現這個世界的殘酷，就算再怎麼不願意，也總要含淚接受，我想，這就是所謂「人生」。

總之，活在當下吧，我說。

「那，我們都要幸福喔！」很多年後，君簡又在夢中告訴我。

貓咪詩人　台中東勢

前篇

從集集騎單車往綠色隧道，大約二十分鐘的路程便可瞧見那一片綠蔭。種植在道路兩旁，濃密遮蔽原本蔚藍天空的是樟樹，據說，這些樟樹是在民國二十九年時種植的，至今已跨越半個世紀之久，後人應當感恩大自然最珍貴的賞賜。

從集集騎單車往綠色隧道，大約二十分鐘的路程，便可瞧見那一片綠蔭。種植在道路兩旁，濃密遮蔽原本蔚藍天空的是樟樹，據說，這些樟樹是在民國二十九年時種植的，至今已跨越半個世紀之久，後人應當感恩大自然最珍貴的賞賜。

沿著這條路，旁邊鋪有鐵道，正是聞名的集集小火車，雖然班次不多，但每每看見有火車行駛，總會有股想追著火車跑的傻勁。

小時候，爸爸媽媽常常很隨性地把單車丟在一旁，大手牽著我的小手，帶著我走過這段象徵幸福的道路。春季，我們用力呼吸，因爲爸爸說春天的空氣裡瀰漫著泥土的清新氣味；夏季，我們閉上眼睛聆聽蟬鳴；秋天來臨之際，我們則是蹲在路邊撿拾已經枯黃的落葉，連寒冷的冬季，我們都還會抬頭望著天空，感受偶有幾絲陽光透著樹叢灑在身上的溫暖。

不論對當時年幼的我，抑或多年後再度回到這裡的我，這段綠色隧道，在我心中永遠都是回家的路——通往幸福之路。

再次感受到這兒的綠蔭微風，其實已經是我離開後的第五個年頭。讓我詫異的是，這裡竟然還是一如我離開前的那樣，風，還是如此涼爽；陽光，仍舊透著層層樹葉一閃一閃地照耀著路邊綠油油的野草。

而，從左邊數來的第七棵樹上，當年我刻寫的字，還清楚可見。

楊明軒，那個國中時期喜歡的男生的名字。

我撫摸那刻劃的痕跡，卻怎麼也撫不平心中那道深深的傷口。

好多年了。隔了這麼多年，我終於又回到這裡。

撫今追昔，回到這個記憶的搖籃。

01

時光逆流而上，回到一九九九年，世紀末的最後一個夏天。

當時還是個國中學生的我，總愛坐在教室最後一排靠窗的位置，手托著臉，像是籠中飛不出去的鳥兒似的，遙望著、眷戀著窗外的世界。

國中生活是這樣的，每天都有趕不完的課、考不完的試和念不完的書。我沒有特別的天資聰穎，也沒有特別地勤快用功，考試的成績也從不特別出色。

由於我念的班級是美術資優班，班上同學更是在意成績，相較之下，我的成績就從沒有特別出色，變成一點也不出色。

一九九九年，是我國二升國三的那一年。當時的教育體制相當嚴格實施能力編班，當然，那成軍兩年的美術班也就在這種體制的威脅下宣告瓦解。

要分發新班級的那天，我還記得是個大晴天，整片大空就像海水一樣湛藍明亮，但此刻我腦海裡的那個調色盤，卻再也無力淾出這麼動人的顏色。

灰色、黑色、更多更多我無法辨識的暗色調一直不停地流瀉，把我的思緒攪亂。

「張伊寧，一班。」

「李心蓉，一班。」

「連安琪，二班。」

班長面無表情地站在講台上宣布班上同學即將分發的班級，大家都不意外地被安排到所謂的「升學班」。

而我，「沈君簡，七班。」

七班？那是……？

正當我努力地想要釐清七班是屬於所謂的升學班，還是被放棄的那一部分，我在班上最要好的朋友紫萸，帶著一臉笑意出現在我面前。

「太好了！我們又同班了！」她跑來抓住我的手，又叫又跳地很是興奮。

同班？成績向來有著中上水準的紫萸也和我同班，那會不會其實這個七班也不算是差的班級？

班上此時亂哄哄地吵成一團，多半是在討論誰和誰同班。趁著混亂，就在我對「七班」這個即將歸屬的新班級還抱有一絲的希望時，紫萸已經幫我挑起了書包和畫板，拉著我走出這個待了兩年的教室。

我不時頻頻回頭，看著門上掛的「美術班」三個字，心中忽然有些不捨。這一走，等於是跨出了保護我的城堡，而外面的世界是怎樣，我等著睜大眼睛看。

在心中默默地和它說再見的稍後，來到了掛著「三年七班」班牌的班級。駐足由外往教室內看去，大部分的同學都已經坐定位，那一張張陌生的臉孔幾乎都是面無表情的，以後那就是我的同學了，心一緊，竟有些卻步。往講台方向看去，站在黑板前口沫橫飛的中年男子應該就是導師。

我們兩個在走廊外遲疑了半天，最後才決定從後門進入教室。

「後面的在幹麼？看電影呀？還挑位子！」

就在我和紫萸還在東張西望，想找兩個相鄰的空位之際，講台上原本不知道在高談闊論些什麼的導師，忽然把矛頭指向我們，頓時，每個同學都轉過頭來看。

「對不起、對不起……」

邊道歉，我紅著臉抓著書包和畫板，只得趕快就近坐在眼前的那個位子，坐在一個看起來酷酷的男生和一個很漂亮的女生中間。而紫萸，則是吐了吐舌頭，表情有些無奈地選了個離我不太遠的位置。

眞是丟臉。

坐定位的十分鐘內，我都還在爲剛剛的事情而感到懊惱。從小到大，自己就是很少被責罵的學生，不知道爲什麼，我就是覺得被罵或被處罰是一種極沒面子的行爲，也就是因爲如此，我對每位長輩，無論是父母親戚還是學校師長都十分順從，甚至把他們的話都奉爲聖旨。

不知道過了多久，當我臉上一片潮紅退去，這才覺得肚了有點餓，我抬頭看看牆上的鐘，發現已經十二點十分，是中午用餐的時間。

再回頭來看看導師，他還是那麼地興致高昂。其實我一直沒有很仔細地聽他在講述些什麼，只是好像聽到他一直不斷地重複一句話，「我們這個七班，是個有紀律的班級……」

雖然我從來不曾懷疑老師也會有錯的時候，可是耽誤午餐時間就不太好了吧，畢竟、畢竟民以食爲天呀！

我想我眞的是餓壞了，竟然就這樣在心中對導師譴責起來，連「民以食爲天」這句話都想得出來。

「可是眞的好餓喔……」摸摸小腹，我不自覺喃喃地說，忽然間，不知道從哪裡飄出一陣飯香，把我僅剩的魂都帶走了。

恍惚中，我依稀聽到導師的聲音在離我很近的地方斥責著：「我們這個七班，是個有紀律的班級，這位同學，你怎麼可以在我訓話的時候吃便當？」

吃便當？一回神，發現導師就站在我旁邊，坐我隔壁那個看起來酷酷的男生，正挾著一塊好大的排骨，面無表情地瞪著導師。

「現在是午餐時間，你佔用學生用餐時間講了一共十五次『我們這個七班，是個有紀律的班級』，這樣對嗎？」

那個酷酷的男生絲毫沒有要把排骨放下的意思，而且還一副很理直氣壯的樣子和導師理論。聽到他這樣說，我忍不住在心裡附和，可他怎麼可以就這樣和師長頂嘴呢？他不知道這種行爲是大不敬的嗎？

「我們這個七……」

就在導師又要脫口重複第十六次，忽然一個坐在紫萸附近的男生跳了出來。他站了起來，學起導師演講的詞，像是唸 **Rap** 般很有節奏地表演了起來，「我們這個七班，是個有紀律的班級，這位老師，你擅自霸佔學生的午餐時間，這樣對嗎？這樣對嗎？」

大家又連忙轉頭回去看坐在紫萸旁邊那個男生，感覺像在看戲。

「你們、你們！」導師被他誇張的言行舉止氣得臉紅脖子粗，於是扭頭指著坐我旁邊還在啃排骨的酷酷男生說：「好啊，你這麼行，你來當班長，在午休之前把幹部選好，座位安排好，不然，校規處分。」

就在導師氣呼呼地甩門離去，班上響起一陣熱烈的歡呼，坐我旁邊那位新上任的班長仍面無表情地繼續吃著他的便當，而模仿老師的那位同學則是繼續耍寶，惹得班上哄堂大笑。

這是什麼情形？我轉頭去看紫萸，然後發現她也一副目瞪口呆、不可置信的樣子。

「我們這個七班，是個有紀律的班級。」

像是幻聽了一樣，我的耳邊還殘留著導師剛剛的名言。

對於從國小到國中都就讀「美術班」，從來不曾待過普通班級的紫萸和我而言，還眞像是看了一場不眞實的鬧劇。

在我們原有的觀念裡，老師的地位應該是崇高的，老師的命令也應該是最不能反抗的，但是怎麼在這裡好像完全不是這麼一回事？

這個七班，到底是個什麼樣的班級呀？

當我還在思考著這些問題、當坐我隔壁的班長還啃著排骨、當紫萸還在發呆、當大家都還在起鬨瞎鬧時，我們卻不知道剛剛的那一齣鬧劇已經挑起了戰爭，成爲一場學生與老師對立的戰爭導火線。

02

然而，學生與老師對立的戰爭似乎是場硬仗，分不出勝負，也沒有所謂的輸贏，這也許是爲什麼這些針鋒相對的場面會一再地在不同學校、不同班級重複上演。

我們七班，這個我還搞不清楚狀況的班級也是如此。

班長在用餐過後已不再像先前那樣面無表情，取而代之的是一臉輕鬆的笑容。

在我看來，他笑的時候比面無表情好看多了，但礙於當時和他還不算認識，對他的第一印象覺得他是個會頂撞師長的壞學生，所以也就沒有把這想法說出來。

他頗有大將之風地站上講台，先是寫下自己的名字。

楊、明、軒。

「我叫楊明軒，相信你們都已經認識我了，不過剛剛因爲肚子餓，所以臉臭了點，其實我很隨和，也很好相處的。」

他幽默的開場白惹得台下同學大笑。

很隨和？好相處？想起他先前挾著排骨的一臉酷樣，我還是難以相信他竟然這樣形容自己，一點公信力也沒有。

不過那不是重點，反正對他這種會頂撞師長的人我是不會有興趣的，撇開臉，卻撇不開心裡對楊明軒這個人的壞印象。

「現在，就先來塡寫座位表吧，因爲時間不太夠，我看座位先照現在這樣暫定，如果到時候有什麼問題再調整，贊成的話就請鼓掌表示通過吧。」

台下很配合地響起一陣熱烈的掌聲看得我有些傻眼，這樣，不就代表那個一點都不懂得尊師重道的傢夥要坐在我的旁邊了嗎？

反對！反對！

只是，懦弱的我不敢開口出聲，只能在心裡喊了好大聲卻沒人聽見。

「接下來，就是要推選幹部，我們先選副班長……」

當我還含淚，心裡還老大不情願的，班上同學已經以迅雷不及掩耳的速度開始進行幹部推選，到了推選學藝股長時，因爲沒人提名、也沒有人自願，弄得台上台下一片鴉雀無聲。

尷尬了吧你，活該。我笑了笑，覺得總算扯平。

「既然沒人提名，那我建議用抽籤的最公平，怎麼樣？」於是他說。

又是應聲響起一陣掌聲，我不得不意思意思地跟著拍個兩下。

死蚊子，拍死你、拍死你……

我將倒楣路過的蚊子狠狠打死，可是本來站在台上的他，不知道什麼時候已經走到我的面前。

「現在要選學藝股長，因爲學藝主要負責教室布置，一定要選個有美術天份的，剛好班上有從美術班轉來的同學……」

我坐著看他，發現他變得好巨大，只見他大手一撈，像是拎小雞一樣地把我拎了起來，又是那句該死的提議，「贊成她當學藝的就鼓掌表示通過吧。」

然後又是同樣地響起一陣該死的掌聲。

我無助地望著紫萸，希望她可以出面爲我解圍，卻發現躲在人群中的她笑得一臉燦爛。

「向大家謝票吧？」他摸摸我的頭。

奇怪，我是你家養的狗嗎？幹麼摸我的頭。

我狠狠地瞪了他一眼，然後轉身，用最甜美的聲音說，「謝謝大家，請多多指教。」「請多多指教，楊、明、軒。」下課後，我躲進女廁裡，摩拳擦掌、齜牙咧嘴地對著牆壁說。

03

其實我眞的不是個會和人結怨的女生，更不是個愛和人吵架的潑婦，因爲媽咪說，一個好女孩最重要的是個性溫柔體貼、明理識大體。

媽咪也說，一個女孩子就算臉蛋漂亮，但如果脾氣暴躁、舉止粗魯也是枉然。

媽咪還說，要成爲一個人見人愛的好女孩一定要嘴甜、性情溫和、隨時隨地都保持笑容才能討人家喜歡。

從小，媽咪就給我灌輸了這些觀念，她教我優雅的儀態、督促我練琴、訓練我的談吐，期望我成爲端莊賢淑的大家閨秀。

也因爲如此，我在同學心中一直都維持著玉女形象，說話輕聲細語，走路也不敢邁開大步。

「但我覺得其實那都不是眞正的妳，君簡，妳太拘謹了，在我們面前妳可以不用這樣的。」

紫萸不只一次地告訴我，她覺得其實我並不是這樣一板一眼的個性，而每次聽到她這論調，我也只是淡然一笑。

我就是我，就算心裡不舒服，但還是會表現出恭謙有禮。就拿當選學藝股長的事情來說，雖然是被楊明軒拱出來的，雖然心中有千百個不願意，但我還是會笑著對同學說「請多多指教」，也還是會安安分分地把學藝該做的事情做好。

分班的隔日是禮拜六，身爲學藝股長的我必須負責策劃教室布置，所以就算是假日也還是要身著制服一大早就到校。

我約了紫萸幫忙，坐我隔壁那個長得很漂亮的女生一聽到我們要到校做教室布置，也自告奮勇地說要一起來幫忙。

那天，我才知道了她的名字，葉如閑。

如閑也對畫畫很有興趣，就這樣，她和我，還有紫萸三人在教室裡邊動手邊聊了起來。

如閑告訴我們，因爲我們班是「人情班」，所以才會這麼特殊。

所謂人情班，就是一些學生家長透過關係向老師或是教務處私下拜託，希望孩子可以編進好一點的班級，而爲了這群成績尚未達到前段班標準的學生，學校就特地開了一班，七班。

這個七班，上課的進度比照前段班，於是升國三的這整個暑假也必須照常上課趕進度，而師資方面則是比照普通班，光看導師，就可以知道師資水準不怎麼優良。

我和紫萸在了解了這個班級的由來之後，奇怪如閑怎麼知道這麼多內幕，她則是淡淡地笑說：「傻瓜，普通班是混假的呀，況且這是大家都知道的事，我看只有妳們這兩個來自溫室的小花不知道而已。」

如閑說著說著，眼神看向我的時候有點嚴肅，「尤其是妳喔，別老是瞪著班長，妳要知道，他的背後可是有很強大的惡勢力，別說我沒警告過妳，有一次因為一個路人甲不小心看了他一眼，他就把人家打得鼻青臉腫，還有一次他把一個女生很用力地推下樓，害人家住院住了一個月耶。」

「為什麼呀？」

「因為那個女生長得很醜，班長看她長得太醜了，就很不爽把人家從二樓推下去。」

如閑說到這裡，表情看起來特別嚇人。

就在我嘴硬地說我才不會向惡勢力低頭的時候，忽然有一個男生的聲音打斷了我們的談話。

「她們在聊你耶，阿軒。」

我們一轉頭，看見楊明軒和昨天聯合把導師氣走的那位男同學，像鬼魅一般地忽然出現在教室門口，做賊心虛的我手一軟，把原本要放在桌上的紙花掉了一地。

「欸，就算我們特地來探班，妳也不用感動成這樣呀，同學。」那個男同學見狀立刻走來幫忙。

「謝謝。」我怯怯地接過他遞來的紙花。

雖然他很好心地幫我，可是畢竟他們是同一掛的，鐵定個個都是凶神惡煞，我是這樣想的。

於是沒有多說什麼，我拿起藍色的壁報紙就往教室後面走，沒想到那個男同學也嘻皮笑臉地跟了過來。

「休息一下嘛，妳怎麼都不講話啊，同學。」

幹麼一直同學、同學地叫，我沒名字的嗎？

我皺皺眉，想到昨天楊明軒也一副跟我很熟的樣子摸摸我的頭，這個班上的男生怎麼都怪怪的。

「我想先把這裡貼好。」轉頭，我仍端起慣有的甜美笑容，即使再怎麼不喜歡對方，還是要有禮貌，這是媽咪教我的。

「君簡，過來休息一下，班長請我們喝飲料喔。」紫萸不知道什麼時候已經和如閑兩個人席地而坐，邊喝飲料邊聊了起來。

妳還敢喝！說不定人家在飲料裡下毒，怎麼死的都不知道！我拚命地對紫萸使眼色，她都沒有察覺，倒是被一旁原本在剪紙花的楊明軒看見了我擠眉弄眼的模樣。

他丟了一罐飲料給我，「休息一下吧，我保證裡面沒有下毒，而且我和邵強會留下來幫忙，等全部弄完了再一起走。」

喔喔，原來這嘻皮笑臉的同學叫做邵強，姓邵呀……

當我還在想邵強的名字怎麼會只有兩個字的時候，忽然意識楊明軒說「會留下來」。

「什麼？」我激動地吼了出來，嚇壞了在場所有人，也嚇壞了我自己。

「怎麼了嗎？」紫萸聽到我大叫立刻趕來我身邊。

「沒有。」我看了楊明軒一眼，然後小聲地說。

最先發現我面有難色的是在一旁竊笑很久的如閑，她若無其事地捧著飲料走到我身邊，然後輕輕地在我耳邊說：「其實，剛剛說的都是騙妳的啦。」

現在是怎樣？

我無奈地癱坐在一旁，如閑把剛剛的事情從頭到尾冉講一遍，看著笑到快要趴在地上的邵強還有如閑、紫萸，我有種很無力的感覺。

楊明軒聽到我這麼懼怕他，不知道是不是在心裡譏笑我，想想，我看了看他，發現他還是安安靜靜地在一旁，像什麼都沒聽見似的剪著自己的紙花。

「妳眞的很好騙耶。」已經笑到趴在地上的邵強又從地上爬起來，邊笑邊拍著我的肩膀。

「很好笑啊？」我沒好氣地問。

「對呀，妳是我見過最單純的女生了。」他一直笑，笑到被自己的口水嗆到，邊咳，還是邊笑。

「眞的有這麼好笑嗎？」我發抖的聲音又問了一次。

忍住、忍住，忍住。

媽咪說，一個好女孩最重要的是溫柔體貼、明理識大體。

媽咪也說，就算一個女孩子臉蛋漂亮，但如果脾氣暴躁、舉止粗魯也是枉然。

媽咪還說，要成爲一個人見人愛的好女孩一定要嘴甜、性情溫和、隨時隨地都保持笑容才能討人喜歡。

「哈哈哈，太好笑啦，我停不下來……」

「笑不夠嗎？你們繼續笑呀，這樣看人家被耍很好笑嗎？」眼見他們三個笑到不行的樣子，原本無力的我開始惱怒，接著就紅了眼眶。

我討厭這個班級，我討厭楊明軒、討厭邵強、討厭如閑、也討厭紫萸……

起身想要收拾自己的包包，轉頭就要走人，卻被楊明軒拉住。

「你想幹麼，想揍我嗎，來呀、來呀，還是你想把我推到一樓？」閃著淚光的我根本看不清楚他的此刻的表情，此刻的我，只想趕快逃離這個教室，逃離他們的譏笑。

「他們只是開玩笑而已，沒有必要弄成這樣吧？」沉默很久的他終於開口，「被妳誤認爲是凶神惡煞的我也沒說什麼不是嗎？」

我沒說話。

雖然他言之有理，但倔強好面子的我實在是沒臉再待下去，還是執意地想離開。掙脫掉他的手，走了幾步卻被邵強擋住去路。

他一改剛剛的不正經，很誠懇地向我道歉，「對不起，我不是故意要取笑妳的，不然這樣好了，我們這三個剛剛笑過妳的現在一人說一個笑話，讓妳也笑回來，好不好？」

媽咪說，一個好女孩最重要的是個性溫柔體貼、明理……

想起媽咪的諄諄教誨，我點點頭，然後露出招牌甜美微笑。

於是，原本預計的教室布置儼然成了笑話大會，我和楊明軒兩個坐在台下當起評審。

第一號打頭陣的就是邵強，他先是對我和楊明軒兩個一鞠躬後，開始了他的笑話。

「各位評審老師，大家好，今天，我所要演講的笑話是關於一個叫作小菜的人，從前從前，有一個叫做小菜的人，有一天，他在路上走著走著就被端走了，哈哈，好好笑喔。」

頓時台上台下變得安靜，只有邵強一個人抱著肚子大笑。

我抿抿嘴，回頭看楊明軒，再看看如閑紫萸，大家都沒有什麼表情。

「不好笑嗎？」笑完了的邵強無辜地問。

見到大家都搖頭，他不死心說要再講一個。

「那我再講一個，你們一定會笑的。有一個人他有一天走在路上忽然覺得腳很酸，你們知道爲什麼嗎？」

我們很配合地搖搖頭。

「因為他踩到檸檬了呀，哈哈哈……」他自己又是一陣狂笑，看到大家都沒有笑，又說要再補充一個笑話，如閑和紫萸趕緊把他拉下台。

「評審老師，各位同學，午安，我是二號林紫萸，今天要演說一則笑話……」後來紫萸和如閑也講了不少冷笑話，星期六整天我們都泡在教室裡，教室布置沒什麼進步，笑話倒是聽了一堆。

本來悶悶不樂的我終於破涕為笑，看著台上搞笑的邵強還不死心地說要跳肚皮舞，我已經不討厭他了。

而對於坐我隔壁的楊明軒，看著他時而沒有表情的臉，似乎也不是這麼壞的。

04

從教室布置那天之後，我們五個人便建立起友誼，不過讓我感到困擾的還是同樣一件事，就是大家還是會有事沒事就拿我開玩笑，尤其是邵強，更是以戲弄我為樂。

「他是看妳單純可愛才會這樣跟妳玩的啊。」

如閑在傳回來的紙條上安慰我。

這節是自習課，導師坐在他的位子上改週記，同學可以利用這堂課讀自己需要加強的科目。我和如閑則是因為無聊讀不下書，於是開始傳紙條殺時間。

「哼哼，那他大可以稱讚我青春可愛，活潑動人啊。」還來不及在紙條上寫下我想說的話，就被導師給叫了過去。

「沈君簡，過來。」

「是，老師。」

趕緊把紙條收好夾在厚厚的參考書裡，然後恢復我原本好孩子的模樣。

「在班上還習慣嗎？」

「嗯。」雖然柔順地點點頭，但卻不懂他爲什麼要這樣問。

「我們這個七班，是個有紀律的班級，但就是有幾個不守規矩的的學生敗壞班風，像是楊明軒和邵強他們，都是書念不好、品行又差的壞學生，長大後一定是人渣，妳父親是大學教授，妳也是個好孩子，看妳要不要換個座位，不要坐在楊明軒那小人渣的旁邊，免得學壞了。」

雖然我和楊明軒還不是很熟，話也沒聊過幾句，但是聽到導師竟然以成績來評估一個人一輩子的成就、批評他們是人渣，我就覺得有些不平，也不知道哪來的膽，竟然就這樣當著全班的面貿然開口頂嘴。

「老師，」我很認眞地看著這個我叫他老師的人，「您怎麼可以用一個人的成績來評斷他的全部呢？照您這樣說，我們班哪個學生不是人渣？那被派來教人渣的老師是什麼？不就是人渣之最了嗎？」

話一出口，我有點後悔。

這是我從小到大第一次這麼大聲對師長講話，而且還口出狂言，說老師是人渣之最。

「妳，」導師果然被我激怒，他指著我的鼻子，「好啊，妳父親一個堂堂大學教授竟然把女兒教成這樣，這麼一個沒有家教的小孩。」

「老師，對不起，這無關我爹地媽咪對我的管教，是您自己先看不起自己的學生的，您說您的學生是人渣，難道這樣就是有家教的言行嗎？」我看著惱羞成怒的導師，說出自己的想法，「雖然我不知道您的爹地媽咪是怎麼教導您的，但是如果您都看不起自己的學生，又有什麼資格、又要用什麼心態來教導大家？」

此時此刻，全班沒有一個人敢講話，整個班上的氣氛降至冰點，導師瞪著我的眼神幾乎可以殺死一個人。

「沈君簡，妳今天這樣頂撞導師，目無尊長，我要報告到訓導處，還要打電話給妳父親，讓他看看自己教出來的好女兒。」

這是第二次，我看見導師怒氣沖沖地甩門走掉，我的心跳得好急好快，看著他消失的背影，後果會怎樣，會不會被學校記過，我也不知道……

我只知道，導師離去後，班上又像上次一樣地歡聲雷動，大家跑來把我團團圍住直說我好猛，可在這一秒我卻聽不到他們的恭維，我只看見了坐在原位沒有圍過來湊熱鬧的楊明軒對我豎起了大拇指。

這件事情越演越烈，後來竟然鬧大到全班同學連署要換掉導師，最後教務主任不得不出面調停。

結果，並沒有如同學所願的撤換導師，雖然事後他承認了自己先出言不遜才會招來同學不滿，不過從此之後，我也被列入壞學生的黑名單，被認爲和楊明軒、邵強一樣都是不愛念書、品行惡劣的「人渣」。

在這個什麼都用成績來證明的國中時期，我們的確沒有開口說話的餘地，不過，我們無言地在內心裡，默默地認定來教人渣班級的教師，才是眞正的人渣，人渣中的人渣，人渣之最。

在這個血氣方剛的年紀，好像總要做些自以爲是轟轟烈烈的大事才能證明自己的熱血沸騰，而往往這些大事，也都會和叛逆兩字畫上等號。

其實，在和導師頂嘴的當時，我並沒有要和他爭辯的意思，當時的自己，只是單純地想表達意見，在我看來，這是講道理，但在大人的眼裡，卻成了挑釁。

當天回到家裡，我被媽咪唸了好久，她說對我感到失望，一個有氣質、有家教的女孩是不會這樣對長輩說話的。

我坐在客廳的沙發上聽媽咪教訓，時而應聲回答、時而點頭，起初她說的話我都還有聽進心裡，可是後來不知怎麼的，我漸漸聽不見媽咪的叨絮，她像是演默劇一樣比手畫腳，慢慢地，她的身影變得模糊不清，最後，我看見的是楊明軒。

那天午後，天氣晴朗，陽光刺眼，風很大，教室裡的窗簾都被吹得胡亂飛舞。在這偌大的教室裡，只剩下我和他還沒去操場集合上體育課。

我忙著收拾剛寫好的教室日誌，把課程進度表和綱要貼好，而他，則是去辦公室找老師剛回來。

「是你啊，怎麼都沒出聲音，嚇我一跳。」我看見一個身影倚在門口，然後發現是他，「下一節課是體育課，大家都趕去操場集合了。」

手裡拿著教室日誌，也打算趕去集合的我經過他面前，卻被攔下。

「妳很勇敢，和我想像的不太一樣。」他輕易地捉住我的臂膀讓我無法動彈，然後附在我耳邊輕輕地說。

倏地，一陣風吹進教室，吹亂了我的短髮。

凌亂的髮絲擋住我的視線，讓我看不見他當時說話的表情，我想問，他卻已經走遠。

我的心臟沒來由地狂跳不止，像是一陣又一陣不受控制的海浪相激，澎湃不已。連到現在想起，這種快要讓人窒息的感覺還是存在。

「小君？小君？」一回神，媽咪正擔心地看著我，「怎麼了，妳的臉很紅，額頭也發燙呢，是不是病了？」

「沒有。」搖搖頭，我把手放在胸前，試著撫平自己凌亂的心跳。

「如果不舒服要說，媽咪會心疼的。」

看媽咪擔憂的臉，我忽然覺得很愧疚，我也不知道自己是怎麼了，只要想到楊明軒的那句話，心臟就會狂跳不止。

他想像中的我到底是怎樣的呢？是任性的、還是驕縱的？是不是覺得我很大小姐脾氣，還是……

回到自己的房間，我坐在梳妝台前，對著鏡中的自己發呆。忽然之間，我又害怕起自己的不完美，擔心楊明軒所說的「不一樣」，指的是本來覺得我是個有氣質的女孩，可後來看到我和導師頂嘴，發現我原來是個潑婦。

一連好幾夜，我因爲想不到答案而失眠了。

05

想東想西、東想西想，還是想不出楊明軒說的不一樣，到底是哪裡不一樣。

其實我是可以直接問他的，畢竟他就坐在我旁邊，一天有將近一半的時間都在我的身邊，一個只要伸手就可以觸及的距離。

但我不敢，不敢開口問他，也不敢寫紙條問他，深怕他會發覺我更多的「不一樣」。

自從「人渣事件」之後，導師就經常有意無意地刁難我，沒事叫我去辦公室他的座位上拿同學的數學習作甲冊，等我拿到了教室發給同學，導師才又碎碎唸地說我要的是乙冊，妳拿甲冊來發幹什麼，我交代妳的時候到底有沒有聽清楚呀。

這種事情本來幾天才有一次兩次，可到最後，導師發現我一直任勞任怨，他也越玩越過分，一天總要整我個好幾回才開心。

「學藝，去辦公室把同學的週記拿來。」

「是。」

又來了。

這是今天的第三次，早上叫我拿考卷給大家寫、中午是拿聯絡簿去給他，現在，則是看都不看我一眼，像是喚僕人一樣地使喚我。

「回來，」我都要走到門口了才又被叫回來，看見導師很難看的臉在奸笑，就知道沒有好差事可做，「班上的聯絡簿我忘在桌上了，還有早上給同學寫的考卷我已經改好了，妳就一起拿回來吧，省得再跑一趟。」

省得再跑一趟？你還好意思說！

低著頭，我悶悶地走出教室。往好處想，導師只是因爲我是學藝才會吩咐我跑腿，拿拿作業也本來就是我的責任呀，但是邊想，還是有股說不出的委屈在心中醞釀。

夏季，午後雷陣雨說下就下，我的心情就像是現在的天氣一樣，下著大雷雨。

我小心翼翼地捧著全班四十多人的聯絡簿、週記、還有考卷，發現自己不及格的分數被大剌剌地擺在最上面，忽然鼻頭一酸，大顆大顆的眼淚就不爭氣地落在考卷上，紅筆字跡沾水暈開，溼了一大圈。

我看見考卷溼了，本想伸手擦拭，卻一個不小心，把大家的聯絡簿、週記和考卷全撒在地上。

外面還下著大雨，走廊積了些水，看著被沾溼了的本子，一時間忘了要補救，就這樣無助地蹲在原地發呆，要伸手撿起來也不是、不撿起來也不是。

頓時覺得好懊惱、好無力。

那天的威風換來今日的狼狽，他是導師，是主宰這個班級的人，而我卻傻得自以為有正義感地教訓了他一頓，忘了自己只是個被操控的小角色。

不知道過了多久，我的視線裡忽然多了一雙很眼熟的男生球鞋，抬頭，楊明軒已經在我面前了。

我沒有在他面前掉淚，因為他曾經說我很勇敢，為了他這句話，我很努力地忍住眼淚。

他沒有說話，只是幫我撿起已經泡水的週記、聯絡簿，我也沒有多問他為什麼上課時間會忽然出現在這裡，我知道他是剛開完班長會議，正要走回教室。

我和他，我們兩個就這樣一前一後默默地捧著泡水髒掉的本子走回教室，雖然可想而知等會又免不了一頓挨罵，但看著逕自走在前頭的楊明軒，我好像已經不再那麼害怕了。

回到教室，導師見狀果真如我所預料的大發雷霆，他一口咬定是我為了報仇才故意毀了大家的週記，並要我向全班道歉。

「這樣借題發揮，很爽嗎？」原本在一旁不講話的楊明軒忽然冷冷地開口。

「什麼借題發揮？我有借題發揮嗎？你看，這什麼東西，是我把同學的週記弄成這樣的嗎？」導師狠很地把泡過水的週記丟在我和楊明軒的面前，彷彿那是一文不值的破銅爛鐵。

「難道就不是你一次叫她拿這麼多東西的？」

「她是學藝，不叫她拿叫誰拿？」

「這麼多東西，你拿拿看呀，你看你拿得穩嗎？」楊明軒和導師對吼，把那堆作業簿又丟回導師面前。

「你個小王八蛋，你這什麼態度……」導師也十分惱怒，幾乎要伸手打楊明軒。

眼看他們兩人就要起衝突，我焦急地衝向前阻止，拉扯之間，導師的一個巴掌，火辣辣地印在我的左臉，那力道打得我頭昏眼花。

從小到大，從來，沒有人打過我巴掌，即使生我育我的爹地媽咪都沒有……

「對不起、對不起啦，都是我的錯，都是我不好、都是我不對！」摀著發燙的臉頰，本來暫時止住的眼淚又再度氾濫，楊明軒對我說過的「妳很勇敢」也失效了。

導師「哼」地一聲甩門就走，這是我來到七班不到一個月內的第三次，只是這一次，在導師離去後班上沒有半個人敢吭聲。

當天的午後雷陣雨一直下到傍晚七點我們放學的時間。但我的心情即使已經步出了校門口也還是一樣沉重。

這是一場戰爭，從分班的那天起，楊明軒就向導師宣戰。我從來沒有想過，我的國三生活會從暑期輔導開始就這樣的水深火熱，畢竟從小到大，我一直都是受到導師寵愛的乖寶寶、好學生。

雨一陣一陣地愈下愈大，路人紛紛跑到騎樓躲雨，我卻不想閃躲，因爲唯有淋溼了才不會被別人發現我臉上無助的眼淚。

雖然後來紫萸和如閑說了好多安慰我的話、邵強也搞笑耍寶逗我笑，可是我……

「別哭了。」

放學回家的半路上，我忽然發現楊明軒不知道什麼時候已經出現在我的旁邊。

「你在這裡幹麼？」抹抹臉上因眼淚和雨水混濁在一起的水珠，我看著也被淋溼的他。

「回家。」

「可這方向是要去我家的耶。」

「這條路應該不是妳家開的吧？」

雖然他的語氣淡淡的、雖然我知道他不是在講笑話，但我卻笑了出來，原本鬱悶的心情也好了一大半。

「你家在哪裡啊？」

「那裡。」

「那我們來賽跑，看誰先跑到前面路口！」

於是，我拉著他的書包，在下著大雨的街上，嘻笑追逐。不理會路人投以異樣的眼光，媽咪平時告誡的氣質、禮貌也都全部被我拋在腦後。

「去他的，老師了不起呀，全部都是屁！」

邊跑，我邊使勁地喊。

「他媽的，這樣也能當老師！」他跟著喊。

「他媽的，這樣也能當老師！」我也隨他喊了出來。

「妳剛剛罵了什麼？」

雨勢漸小，我們兩個在分叉的路口停了下來。

「沒有啊。」我眨眨眼，恢復了好女孩該有的無辜表情。

「可是剛剛我明明聽見有人說『屁』，還有『他媽的』。」

「嗯？有嗎？我怎麼沒有聽到？」我甜美地笑笑。

「可是剛剛眞的有人喊得很大聲耶。」

楊明軒對我挑眉，樣子很欠揍，但我卻覺得好可愛。

「就當是發洩一下嘛，不過這樣眞的很爽。」

當我發現自己竟然脫口而出「爽」字的時候，才連忙摀住自己的嘴，還好沒被媽咪聽見，不然肯定又要被罵了。

「妳，還痛嗎？」

當我還嘻嘻哈哈地笑著，楊明軒忽然很認眞地看著我，我看見了他眼中的歉意，因爲那一巴掌本該是落在他臉上的。

被他看得有點不好意思，我只得裝豪邁，瀟脫地搖搖頭，「雖然我老是被你們認爲是溫室的花朵，但我可是經得起風吹雨打的喔！」

他笑了，眼裡的歉意幻化成一種說不出的溫柔神情。他揉揉我的頭，然後跟我說，「沈君簡，妳眞的和我想像的不一樣。」

同樣的一句話，我的心，又是一陣不受控制的波濤洶湧。

到底是哪裡不一樣，你怎麼都不說清楚？

06

十五歲，是個對感情懵懂，又特別敏感的年紀。

自從上次楊明軒和我一起淋著大雨，咆哮跑過大街之後，因爲住得近，我們開始一起上、放學。雖然我們兩個的家都離學校很近，步行大約只要十分鐘，但楊明軒有時也會推他的單車出現在我家門口，等我吃完早餐再載我去學校。

本來和他是話不過三句的，後來不知道從什麼時候開始，我們變得有話聊，從路過的雜貨店可以聊到學校的福利社，再從學校的福利社以批評導師爲結尾。我漸漸覺得，楊明軒其實並不像他外表那樣的冷冰冰，他其實對人體貼，會爲別人著想，是那種只要和他在一起就能感覺心安的男生。

當然，我們轉變爲這樣的好朋友，也引起了班上同學的側目，關於我們交往的一些流言不脛而走，連紫萸和如閑也老是追問我到底是不是和他在一起了。

「在一起？」我一本正經地回答她們的疑慮，「就字面上的『在一起』而言，我們是天天都在一起呀，一起上學、放學、一起坐在教室裡上課……」

事實不是如此嗎？我都還沒脫口說出這句話，倒是先被紫萸敲了一記。

「妳這頭小呆鵝，是眞不懂還假不懂？」她很認眞地像是媽媽教訓女兒一樣，「不是問妳這種『在一起』，是有戀愛成分的那一種『在一起』！像是兩個人會不自覺地因爲四目相對而臉紅，是吧，如閑？」

紫萸把目光轉向若有所思的如閑，然後換她發言。

如閑很有大姊架式地站了起來，「不是我愛說，妳們這兩個從溫室來的小花，尤其是妳，」如閑用食指點點我的鼻頭，「剛剛紫萸講得雖然沒錯，但是，那只是國小程度的愛情，發乎情，止乎禮，哲學上，稱作『柏拉圖』式的愛情。」

啊？

我和紫萸互看了一眼，沒有講話。這如閑到底懂是不懂？

什麼？什麼「柏拉圖」？

「所謂『柏拉圖』式的愛情就是……」

不知道是不是因爲我和紫萸都露出了困惑的表情，如閑於是直接從這個我們有聽沒有懂的話題又跳回了「在一起」的話題。

「在一起，如同紫萸剛才所說的，是戀愛的意思沒錯，但是，也並不完全是像是她所形容的那樣。」如閑在我頭上點了點，「戀愛，會讓妳們一起手牽手上學、在校園無人的角落裡膩在一起聊天，聊著聊著，他會看著妳，慢慢貼近妳柔軟的嘴唇，他的手會不受控制地撫摸著妳，讓妳感覺莫名的舒服，最後，上床。」

上床？

我和紫萸互看了一眼之後才很有默契地一起驚呼出來，「啊、啊、啊！」

「如閑哪，我們才國三耶，都還沒有發育完全耶！」我紅著臉，既害羞又慌張地搖搖她的手。

「對呀、對呀，如閑哪，可不可以不要那樣？」紫萸也跟著緊張起來。

只見她無奈地攤攤手，「我只是把我的經驗和妳們分享而已嘛，誰叫妳們這兩朵溫室來的小花這麼緊張。」

「啊、啊、啊、啊！」這次，我和紫萸來不及互看就驚叫了出來。

「妳們這兩朵小花還眞是有默契耶。」

「如閑，妳、妳、妳！」

「如閑，妳、妳、妳、妳！」

「放心啦，我和前男友才走到三壘他就畢業了，」她對我們俏皮地眨眨眼，「我還是處女啦。」

看著已經走遠的如閑，我和紫萸還傻傻地愣在原地。

爲什麼，她可以笑得這麼輕鬆？

我不懂，可不只我不懂，紫萸也不懂。

當天下午，導師的數學課讓我頻頻分心，腦子裡淨想著如閑上午說過的話。不是我不專心，其實是因爲導師從一上課就在解一題證明題，花掉將近三十分鐘的時間，算式寫滿了整個黑板得到的答案卻是錯誤的。

「呃，我們再算過一次好了。」

看著他汗顏的模樣，我不經心地描繪了下來，手裡雖然牽引著筆，但是心裡，仍是想著那個禁忌的話題。

儘管和我們一樣都是十五歲的國中生，但如閑的確比同年齡的女生顯得成熟，她所散發出來的氣息、她的談吐、她的思想、她的身材、她的長相，幾乎沒有一個處不是讓我和紫萸望塵莫及的。

談及「性」，我和紫萸是臉紅心跳，像是做了什麼壞事一樣，而對於如閑，她卻可以這麼坦然面對，好像家常便飯似的稀鬆平常。

在如閑十五歲的身體裡，到底住了幾歲的靈魂呢？還是這個世界正如她所說的，只剩我和紫萸這兩朵來自溫室的花朵不懂事？我沒有答案。

她所說的那些，是每個人都這麼想的嗎？楊明軒對於我，或是之前寫情書給我的那些男生，也都會有那些想法嗎？

其實我有好多關於這樣的疑問，但礙於少女的矜持，我不敢問，也沒有人可以問。

「在幹麼？」

楊明軒在我還在想那些和他有關的問題時，忽然伸手輕敲我的頭，把我嚇得魂飛魄散之際更讓我臉紅心跳。

「在做什麼見不得人的勾當？臉這麼紅？」他一把搶走了我畫導師的素描，「妳……」

太無聊了嘛，而且他都解了半小時了還解不出來。

我急忙傳紙條給楊明軒，尷尬地向他解釋。

「對呀，這樣怎麼還能出來混呀？」他很不屑地斜視講台上的導師，然後把紙條遞回來給我，「眞爲嚴靜雯的數學感到擔心呀！」後來，他又補了一句。

嚴靜雯是我們班的副班長，更是班上數一數二的「乖寶寶」、「好學生」。聽說她放學下課後都到導師家去補數學，所以深受導師的寵愛，尤其在我失寵之後，她更是深得導師的信任，成為班上的「廖北鴨」。

可想而知她的人緣並不太好，可她似乎也不以為意。

「呵！」我咧嘴笑得傻傻的，卻忘了擺出自己最得意的招牌甜美微笑。

「笑得眞醜！」他伸手，又在我頭上敲了一記。

「奇怪耶，一直敲人家頭，越敲越笨了啦！」

曾幾何時，我已經可以不在楊明軒面前偽裝出我的招牌微笑，可以在他面前笑得自在，不必再遵循謹記媽咪的教訓，要有氣質、要像個淑女。

想起紫萸曾經說過的，她說我的個性其實並不是這麼拘謹的，剎那間，我有些了解了。只是沒有想到，能夠讓我自我了解到這點的，竟然是一開始我看他不順眼的楊明軒。

是緣分吧，我又吃吃地笑了出來。

「想什麼啊，口水要流出來了。」他趁著導師一個轉身的空檔，伸出他大大的手掌在我面前晃呀晃的。

「反正不是想你。」我違背心意地嘟噥。

嗯，小倆口別在上課打情罵俏好嗎？

一旁看不下去的如閑，丟了張紙條過來，正中我的鼻頭。

哪有！

如閑的話迫得我臉紅，我在紙條抗議著然後丟回去，一個不小心，讓紙條飛偏了到隔壁另一排座位去。

「要死啦。」那雙美麗的眼睛狠狠瞪了我一眼後，她還是很認命地蹲下去撿，導師在台上發現了我們這一帶的不平靜，立刻出聲嚇阻，「後面的在幹麼！」

「撿個東西都不行嗎？」如閑很帥氣地秀出手中的修正液，也讓導師啞口無言。

這招眞高，正當我自嘆不如時，被我和如閑冷落一會兒的楊明軒才又再度出現，他忽然射出一記紙飛鏢，飛落在我桌上。

哪時來畫個導師的大型看板來射飛鏢？

我還來不及回覆，紙條就被如閑硬生生地劫走。她搶先一步，在紙條上僅剩的空白處寫上她的附議，讓遲了半秒的我沒能再插上一句話，甚至一個字。

這是個預告，關於楊明軒和如閑相戀的預告，而當時，單純的我不知道，眞的什麼都不知道。

07

不知道是因爲國三升學壓力眞的太大，還是因爲導師實在太惹人厭。

自從前幾天楊明軒在數學課上天外飛來一筆的靈感，說要做個導師的人型紙版來射飛鏢、丟水球，沒想到竟然還獲得班上大多數同學的支持，邵強甚至把家裡開雜貨店裝貨的紙箱一一細心地拆成紙板帶來學校說要貢獻出來。

不過，這沒有營養的活動，最後倒是因爲受到嚴靜雯的監控而宣告流產。

「你爲什麼要帶那些東西來學校呀？」

「那些紙板是要做什麼的呀？教室布置不是都已經做好了嗎？」

「那些紙板是班費買的嗎？」

對於模仿有著過人天份的邵強此刻學起嚴靜雯追問的語氣和神情，看起來眞的很欠扁。

「呼！早知道就不選這個廖北鴨當副班長了，虧那時候要鼓掌通過當選時我還拍得很大聲咧，這麼愛打小報告，還剛好坐在我隔壁，一直問東問西的，很煩耶！」

邵強搔搔頭抱怨著，我以爲他這麼隨和，和每個人都相處得很好的，沒有到原來他也有討厭的人。

「對啊，那個廖北鴨，」坐在附近不遠處的紫萸也跟著抱怨，「有時候我和邵強傳紙條她都一直偷瞄我耶。」

「欸，邵強，」如閑忽然掩嘴曖昧地笑著，我猜她準是想入非非，「那女的該不會喜歡你吧？」

「哪有！我才不要，沒有這種事啦。」

這是我第一次看邵強漲紅著臉的樣子，尷尬得連話都說不好，辭不達意的，他看著我，像是在對我解釋，可是又不是我問的，幹麼看我呀。

「心裡有鬼喔，幹麼，你不會也喜歡那廖北鴨吧？」

又來了，紫萸和如閑又像先前追問我那樣追問邵強，這兩個女人，怎麼總是這麼關心這檔事呀？

「妳們不要亂猜好不好，」邵強又朝我這看來，和他再次四目相交的我有點不知所措，只能撇開頭，望著坐在一旁卻沒有加入討論八卦行列的楊明軒，「我、我、我有喜歡的人了！」

在走向楊明軒的那時，我聽到背後邵強是這樣說的，接連著的是如閑和紫萸的驚叫聲，不過我並沒有因此轉身。我看著眼前的那個男孩，一個人坐在那邊，午後的陽光灑在他的身上，散發出一種十分吸引人的氣息，他低著頭，像是在想事情，也像是在發呆。

「怎麼啦？」我逕自坐在他旁邊，打擾了他的清靜。

「沒有，只是對那女的沒有興趣。」

「所以懶得開口？」雖然是疑問的語氣，但也是肯定的。

他是這樣的人，對於自己沒有興趣的，總是擺出一副冷冰冰的表情，讓人難以靠近。

「嗯。」

他仰頭望著偶有幾絲白雲飄過的藍天，側臉的線條很是好看，而我，則是仰頭看著他好看的側臉。

那，什麼話題才會讓你感興趣呢？我看著他，沒敢問出口。

上課鈴聲打斷了我心中的疑問，原本走廊逗留的同學也都一一拖著沉重的腳步進教室。

下一節，又是令人討厭的導師的數學課。

我們只能機械式地回到自己的座位上，坐下，從滿滿都是課本參考書的抽屜裡翻出數學課本，然後，再另外拿出一疊隨堂測驗紙。

傳紙條，從導師站上講台開始。

就這樣，傳紙條像是有益身心健康一樣，成了班上的共同運動。無論台上站的是數學老師、歷史老師、理化老師還是英文老師，無論黑板上抄的重點是一堆符號還是文字，每個同學幾乎都是人手一紙，也因爲如此，班上的秩序好得沒話說，而這個假象背後的眞相，就是總在任課老師每一次轉身寫黑板、低頭唸課文的瞬間，紙條滿天飛。

傳紙條的內容其實是大同小異，除了閒話家常還是閒話家常。畢竟是爲了無聊打發時間，應該不會有人選擇用這種飛鴿傳書的方式來討論功課。

也許青春就是這樣，擁有的時候咨意揮霍，非要等到多年後，等自己遲鈍地察覺年華不再，才不禁悔恨當初，徒留遺憾。

當然，那時正值發光發熱的年紀的我們，還不懂得那樣來不及、那樣後悔的感覺，年幼無知的我們，只知道要殺、殺、殺，把上課時間、那些令我們覺得無聊的時間都殺掉。很可惡，也其實很可悲。

欸，那某某眞的和隔壁班的女生接吻了呀？

中午要去福利社吃包子還是泡麵？

下午要考歷史耶，記得借我抄答案。

明天下課要陪我去買梁詠琪剛出的專輯喔。

像這樣寫在紙條上的內容，每天不知道要反覆聊上幾次才甘心，而我也不例外，只是偶爾會和楊明軒、如閑一起討論未來和夢想。

紫萸曾說過以後要去考護專，邵強說要隨遇而安，考上哪裡念哪裡。楊明軒是自知聯考的成績一定考不上公立高中，私立的家裡也不允許念，於是便把希望放在高工，至於什麼科系他說倒沒仔細想過，反正就是一些電機機械，總之是男生較為拿手的東西。

而如閑倒是很有想法，她喜歡看漫畫，更喜歡畫漫畫，在她那厚厚一疊的隨堂測驗紙上畫有許多栩栩如生的人物，她計畫著要考竹山高中的美術班。

「其實復興美工才是我眞正想念的學校！」如閑不只一次對我說。

談到這個的時候，如閑眼睛裡總是閃著亮光，她說台灣許多知名的漫畫家、插畫家都是從復興出來的，那所學校根本就是畫家的搖籃，但因爲位在台北，聯考必須要跨區跑到北部去考，加上北部的考區競爭激烈，家人也強烈反對，認爲這都是不切實際的空想，經過幾番家庭革命，她只能選擇把目標放在比較有可能的竹山美術班。

「其實君簡，妳眞的很幸福。」她總是這樣說。

她說，在班上，每個人家裡的環境不是開小吃店、開雜貨店，就是賣魚賣菜的，像她們這種小孩，從小就必須懂得面對現實的生活，學習幫忙搬貨、看店、洗碗、挑菜。可我，父親是大學教授，母親也是國小老師，從小學的是琴棋書畫，長大後因爲喜歡畫畫，爹地還答應我高中畢業後送我去國外念藝術學院。

不如這樣吧，我們改天一起去戶外寫生，一起練習畫畫，雖然還不是很厲害，不過我可以教妳調色和用色哦，我說。

嗯，看她點頭點得很用力，心中眞的無限感慨。

來到這個七班之後，大家都戲稱我是溫室小花、天之驕女，雖然極力想要否認，可這畢竟也是事實，我是如此幸福。

而這樣的幸福並沒有維持太久，因爲命運決定了一切。當時的我還是每天上課、下課，每天都過著公式化的生活，有多餘的時間和同學傳紙條閒聊，卻怎麼也挪不出一點點時間來感恩，珍惜當下所擁有的一切。

08

約好一起寫生的那天下午，如閑因爲家裡餐廳忙不過來所以失約，本想找紫萸，但她也因爲有事無法前來，最後，只剩我一人，迎著夏季午後的涼風，騎著粉紅色的淑女腳踏車，來到了鎮上著名的綠色隧道。

這裡是我最喜歡寫生取景的地點之一，會這樣迷戀這裡的風景也不是沒有原因。因爲這一片遮天綠蔭蘊含許多兒時回憶，從小，爹地媽咪總是會帶我來這裡散步，偶爾有經過的火車，我們還會數數它有幾節車廂，甚至傻呼呼地和它賽跑；長大一點，我們全家便一人一架單車狂飆，當然，那時還騎著三輪腳踏車的我，總是跟在爹地媽咪屁股後面猛追。

曾幾何時，我的車已不再是三輪車……

曾幾何時，我已騎得飛快，把氣喘吁吁的爹地媽咪遠拋在後頭……

曾幾何時，他們的單車都已生鏽，我們全家三個，已經好久、好久沒有一起來散步騎車了……

架好畫架，不知道怎麼的有些感傷，也許是想起不久之後的九月，正式開學後課業壓力會更大，班上又亂，所以心裡有點悶吧。

當我揹起畫具出門，媽咪還語帶責備地詢問我，不是就快舉行模擬考嗎？怎麼還悠哉悠哉，想著要出去畫畫呢。

我只能陪笑，摸著手上的畫具，趕緊溜出門。

是呀，馬上就是九月，要開學了呢。九月中旬是第一次舉行模擬考了呢，而我，身爲準考生的我竟然還坐在這，提著畫筆，對空白的畫紙構思。

其實也不眞是悠哉悠哉，只是，我不知道該怎麼面對班上的混亂，導師前陣子狠狠揮在我臉上的巴掌，還是讓我餘悸猶存……

不過，也是那一巴掌，把我和楊明軒的距離拉得更近的。

想到他，我不自覺地咧嘴，笑得醜醜的；想到他，我就會覺得緊張，手心冒汗；想到他，雖然抬頭盡是烏雲遮天，我仍覺得自己在天空飛；想到他，覺得好像被捲進了這個是非不斷的班級也是一種幸福。

一種，明明知道很危險，卻又渴望得到的幸福，我對著左邊數來的第七棵樟樹說。

這是我的習慣，好像有什麼事情都會跟大樹伯伯說，還記得小學一年級第一次當選模範生，爲了要騎腳踏車來這裡跟大樹伯伯炫燿還跌了一跤，上台也跛著腿領獎。

眞是奇怪又矛盾的感覺呀，我倚在大樹伯伯身上，像是對它說，也像是對自己說，一陣涼風吹得我的眼睛好疲，昏昏欲睡。

累，有種心力交瘁的累，一定是因爲班上的那些紛紛擾擾以及與老師們之間怎麼也沒完沒了的爭執……

接下來的日子可沒再讓我逮到機會像那天下午一樣忙裡偷閒，不知道爲什麼忽然變得很忙碌，我沒有時間再爲那天獨自在綠色走廊的寫生做些修飾，也許眞的是因爲越來越接近開學，也許是爲了迎接開學後的第一次模擬考，每個老師都卯足了勁，沒日沒夜地趕課，也不管學生到底吸收了多少，只要是上課鐘聲響，老師一定手拿粉筆開始塡滿整張黑板，不然就是丟張考卷給我們隨堂測驗。

第一位因爲成績未達標準而大開殺戒的是國文老師，號稱李莫愁，同學取名鬼見愁。

這位老師的手段相當地殘酷沒人性，她的得意手段是「天降甘霖」以及「鋤草」。

所謂「天降甘霖」就是含一口水然後噴在同學臉上；而「鋤草」則是專門對付男同學，她會狠狠地拔男同學的腿毛，絕不手軟。

我所慶幸的是，還好國文是我的強項。不過楊明軒可就沒有這方面的慧根，國文是他的罩門，奇怪的是他再怎麼努力，還是考不到國文老師訂下的標準，加上他是班長，樹大招風，很快的，便成爲老師的目標，不管是哪種懲罰方式，他都已經領受過好幾次，老師爲報答楊明軒的「厚愛」，決定研發新招。

而那一招，也成功狠狠地傷了楊明軒的自尊心。

還記得那次發國文考卷，他的成績又創下新低，李莫愁老師笑得可怕，然後不懷好意地先在自己嘴唇塗上鮮紅的口紅再印滿楊明軒的臉，接著趁下課十分鐘把他趕到升旗台大喊一些莫名其妙的話。

「這新招叫做『對不起，我愛妳』。」李莫愁老師翹著腿坐在教室裡吹電風扇，她很是得意地把我們全班叫去外面走廊往下看，那血盆大口的唇印讓人見了就噁心，我卻只能在心裡爲樓下的楊明軒抱不平。

我們好歹是人，不是老師養的狗，何必這樣整人？她不知道這樣會傷了學生的自尊心嗎？不，我想老師一定知道，不然她也不會想出這種辦法惡整，只是，很現實的是，學生自尊不重要。

在那個時期，學生的自尊眞的不重要，重要的是考卷上的分數、成績單上的排名。

「去告我呀，我可是我們國中的名牌老師呢。」

猶記第一天上課，李莫愁老師就曾說過類似的話，而可悲的是，我們所謂的名牌老師竟是這個模樣。

看見樓下仍是賣力喊話的楊明軒，我的手握得好緊，甚至沁出了手汗都不自覺，望著那些來來往往、指指點點的同學老師，我眞想衝下樓去告訴他們，那不是楊明軒的錯，是李莫愁老師的錯。

是老師的錯，是她沒本事把學生教會，憑什麼要楊明軒來承擔別人的異樣眼光！可生來懦弱的我，還是沒敢移動腳步，我只能定定地站在原地，任憑雙手握拳握得好緊好緊。

「帥喔！楊明軒！」忽然，如閑和邵強出現在我旁邊。

他們一個對著樓下叫囂、一個則是狂吹口哨。回頭，我對上了如閑的眼睛，她的眼裡閃爍著熾熱光芒，看起來是那樣的狂野而美麗。

她推著我，「快，幫楊明軒加油，別鬥輸了教室裡還翹著腿吹電風扇的老妖婆！」

09

很久很久以後，當我偶爾想起過去的片段回憶，這才會意過來，原來如閑當時說的「教室裡翹著腿吹電風扇的老妖婆」指的是教國文的李莫愁老師。不過那些都已經變得沒有意義，因爲我們都不再是她的學生、不再是她可以任意戲弄的對象，而且不管怎麼回想，也想不起那個曾經惡整同學的老師到底長得什麼樣子了。

其實，那時反應不過來，是因爲刹那間我看見了如閑所釋放的野性的美，因爲她眼中那抹閃耀著的熱烈火光。

而後，我終於在一堂體育課上，發現了她燃燒美麗的祕密。

原來是愛情。

在「對不起，我愛妳」的處罰之後，楊明軒雖然意外收到許多學妹的愛慕信件，但他始終是安安靜靜的，提不起興趣，對於國文這個科目也差不多宣告放棄，每次考試都得靠著我友情支援答案，才免於更可怕的欺凌。

我知道，他一定很受傷，加上有些不懂得察言觀色的同學偶爾還會調侃幾句，讓他更顯得悶悶不樂，這樣的情形持續著，只在難得有體育課的日子，他開始活躍於籃球場，才又有機會看到他有點酷酷的微笑。

當然，對男生來說，上體育課是放鬆休閒，但對我們這種跑步永遠跑最後的女生而言，無疑是雪上加霜，在課業壓力之外還得負擔著體力的考驗。

不過，能看到楊明軒的笑容，也都值得，在心裡我是這樣鼓勵自己的。

可單是鼓勵自己還是沒有用，因爲很快的，我就被可怕的排球對打考試給狠狠擊潰。

如同國文是楊明軒的罩門，我的弱點是體育，不管是田徑、球類、還是游泳，一律都不在我擅長的領域之內。而那天下午，當體育老師忽然宣布說要考排球對打時，我更是差點要咬舌自盡。

「我會幫妳的啦！」

雖然邵強和體育一向都還算不錯的紫茵異口同聲地說要幫我，但是弄到最後，結果還是一如我所預料的，被列入了補考的名單。

不過因爲如閑也在補考名單之列，這點終於讓我心裡覺得平衡許多，至少有個人陪，我是這樣想的。

「妳們這些要重考的，可以找強一點的同學陪妳們補考，這樣會比較輕鬆喔。」

聽著老師貼心的叮嚀，我第一個想到的陪考人選就是楊明軒，因爲體育一向是他的強項，而且他更是班上排球對打成績最高分的紀錄保持人。

找他幫忙是很好，可是，別人會不會誤會，畢竟之前同學間都流傳著我和他……

就在我還站在原地躊躇不定，耳邊就遠遠飄來如閑甜甜的聲音，「拜託嘛，陪我考嘛，你人最好了啦，班長。」

班長？班……長？

聽見這兩個字，我一個回頭，望向籃球場那邊，然後，看見如閑正親暱地勾著楊明軒的手臂撒嬌，她拉著他，一路走到旁邊無人的球場，嘻笑著，開始練習對打。午後金色的陽光灑在兩人充滿青春氣息的身影上讓他們看起來更加耀眼，就像是每齣偶像劇裡都有的場景，酷酷的男生與美美的女生，最後一定都會譜出一段令人心醉不已的戀曲。

而我，我什麼都不是，我不是他的主角，我只是一段小小插曲，只懂得傻傻站在遠方，扮演劇中的路人。

越想越多，越想心越沉，忽然間，我失去了前進的動力，甚至連走去打擾他們的勇氣都沒有，我只知道懦弱地封閉自己，要切斷和這個世界的訊號，當機停在原地。

暫時失去知覺的我，並沒有發現自己到底這樣站了多久，更沒有發現原來我站的時間久到頭上多了幾片隨風落下的枯葉。

直到紫萸和其他同學打球打累了，才搖醒了失神的我。

「君簡，怎麼一個人站在這裡？」

她細心地幫我拍掉頭上、肩上的葉子，我回神看著她，忽然有種想哭的衝動。

也許因爲看見了我眼眶裡打轉的淚，她誤以爲是我沒有通過對打才哭的，所以急忙把還在籃球場上三對三鬥牛的邵強叫來，說要給我集訓。

「不用了，邵強，紫萸幫我就好了。」

我哽咽著，幾乎說不出話來，其實，心裡想要的明明不是紫萸不是邵強，而是……他，是另一個他。

後來，幾經波折，多虧邵強和紫萸的耐心幫忙我才勉強通過測驗。那天體育課，我的目光其實一直都停留在他和她的身影上，不知怎麼的忽然發現，如閑看著楊明軒時，她的眼神總是散發一種迷人的光彩。

就算我再怎麼單純無知，我也明白那抹美麗光彩，名叫愛情。

當天放學回家的路上，我就這樣莫名其妙地落單，原因是平常都和我一路的楊明軒說如閑爲了感謝他，要請他去吃冰，還問我、紫萸、邵強要不要一起去。

「喔，沒關係，我自己先回家好了。」

勉強地笑了笑，揹著書包，從步出校門口就和他們一行人反方向走，就這樣，一個人踩著落寞的影子離開。

以前也都是自己走回家，怎麼就從不覺得孤單呢，這點，連自己都覺得奇怪。

忽然，背後傳來一陣很急的腳步聲，我抱著期待，希望是楊明軒追上來說不和他們去吃冰了，回頭，心裡落得一陣酸酸的失望，發現是邵強。

「我陪妳回家吧。」

路燈下，他背著光讓我看不見表情，多一個人陪也好，雖然不是我心裡掛記著的那個人。

10

很快的，惱人的模擬考在我們都還手足無措、來不及準備萬全之際來臨。

媽咪特地在考試當天早起兩個小時，用一堆中藥材熬了一鍋黑黑的雞湯，堅持要我喝完才能去上學。

「小君呀，妳這幾天都熬夜念書，臉色看起來很蒼白呢，媽咪熬了幫妳補身體的湯，要乖乖喝完喔。」

看著媽咪因爲睡眠不足而浮出的黑眼圈，忽然覺得既心虛又內疚，我是熬夜把書攤在桌上，可到底念進腦海裡的有多少，我眞的沒把握。

不是不努力，可不知道爲什麼，就是很難集中注意力，我總會不自覺地想到如閑和楊明軒，想著他們那天體育課一起打排球的樣子、想著後來他們聊天打鬧的樣子。

最近，他們變得好親近；最近，楊明軒的話題都圍繞著如閑；最近，我變得好孤單，好易怒，好容易掉眼淚……

個性一向大而化之的紫萸並沒有察覺我的情緒低落，只直覺是因爲模擬考的關係，考前憂鬱症眞的是個好藉口。

「唉呀，君簡，妳就不要太擔心了嘛，大家都會罩妳的，我們早就『分配』好了，我專攻公民、歷史、地理這些需要死背的科目，邵強負責數學、理化、地科，而國文、英文都是妳的強項，到時還要拜託妳多多關照咧。」

剛開始，我還不懂紫萸在滔滔不絕地講個什麼，而後，第一節考歷史、第二節考理化，我才徹徹底底地明白到什麼叫做「大家都會罩妳」、「我們早就分配好了」、「到時還要拜託妳多多關照」。

我只能說，這個班級眞的團結得可怕，因爲大家把平常上課傳紙條的拿手絕活運用得巧妙，細心而大膽地在監考老師的每個轉身動作、低頭批改考卷、對著窗外發呆的瞬間，答案小抄漫天亂飛，各家版本紛紛出籠，應有盡有。

這是我的第一次，第一次在大考作弊，也是第一次在大考和全班同學集體作弊。當然，對於同是美術資優班出身的紫萸也是頭一遭，可她看起來相當熟練，甚至，竟然在傳完答案之後，還有閒情逸致丟紙條問我要不要玩猜數字遊戲。

就在我想回覆她「神經病」的時候，更多更多紙條瞬間落在我的桌上。如閑興致高昂地說要找我和楊明軒一起成語接龍，邵強則提議耍玩賓果，這群人，眞的把我捉弄得哭笑不得，只得疲於應付，一下數字、一下國字的。

但這種囂張的情形並沒有維持太久，下節國文考試鐘響，班上的剋星李莫愁老師便準時地蹬著紅色高跟鞋出現在教室門口，惹得班上一陣騷動。

「寶貝，我親自來你們班坐鎭喔。」她可怕地笑著，肯定是猜到班上同學會耍花招。

我不安地轉頭看楊明軒，發現他臉色難看，因爲平時考試都是靠我幫他才能過關。而他像是知道我在擔心什麼，也轉頭過來看我，給我一個了然於心的笑容，表示不用爲了他冒險傳答案。

可是即便如此，我還是得違背他的意思，我堅定地告訴自己。在心裡仔細地盤算著下一步該怎麼走。

這節的考試氣氛相當詭異，教室裡鴉雀無聲，不知是誰急促的呼吸聲也聽得十分清楚，每個人都是低著頭作答，沒敢輕舉妄動，除了我。

國文一向是我拿手的科目，當時間過了一半，我將答案寫在考卷上，試著傾向楊明軒，可他卻絲毫不領情地凝視前方，擺在桌上的答案卡則是一片空白。

我當然知道，知道他是故意的，知道他是因爲不想拖我下水，可是他不知道的是我自願要幫他的，是我自己決定好的。

看著他絲毫不爲所動，我故意把考卷掉落在地上，以爲他會幫我撿，順便瞄個幾題，可等在後面的李莫愁老師卻冷不防地出現。

她撿起我的考卷，笑著叮嚀我，「沈君簡，才第三節就寫考卷寫到手軟了呀……」

「還有你呀，班長，怎麼寫這麼慢。」

楊明軒冷著一張臉，眼神裡有著複雜的情緒，讓我更爲他擔心。

而後，在老師回到座位上不久，我做了一個連自己也不敢相信的大膽舉動，趁著李莫愁老師哼著歌，對著鏡子補口紅的那零點零一秒，我竟然就這樣貿然伸手一抓，把寫有楊明軒名字的答案卡搶過來，以飛快的速度從第一題開始畫卡。

手中握緊的2B鉛筆狂飆過每一題正確答案的小方框，而心跳更是搶拍地亂跳一陣。沒敢回頭去看老師、更沒空去猜楊明軒的反應，我只能和時間賽跑、能幫他搶到一題是一題。

此時此刻，眼前是一堆答案，可腦海裡卻滿滿浮現楊明軒被處罰「對不起，我愛你」時狼狽的模樣還有如閑在樓上爲他叫囂的模樣。

我也可以，我也可以像如閑那樣，爲你做出瘋狂的事，我也可以像如閑那樣勇敢，我也可以……

「那邊的，我在這裡，還敢作弊！」

令人發毛的聲音從背後傳來，原本緊握著的鉛筆一鬆，我閉上眼，心臟幾乎嚇停了！

11

如果，可以重來一次，我想我還是會這樣冒冒失失地把楊明軒的答案卡搶過來，這是如閑所做不到的，我卻做得到，不知道爲什麼，都死到臨頭，我心中竟然還存在著這樣叛逆的想法。

整間教室安靜得詭異，只剩下李莫愁老師漸近的腳步聲，那雙紅色高跟鞋每每和地板敲撞一次，我的心就猛烈震盪，像是等在斷頭台的死刑犯。

鉛筆在我鬆開手掌的那一瞬間直接墜落在地面，發出清脆的響聲。

「不許動！」老師在我身邊蹲了下來，拾起，匆匆把它放回我桌上，又繼續向前，最後，停在嚴靜雯和邵強的座位中間。

趁著老師暫且背對著我們的空檔、趁著我仍在喘息來不及反應，楊明軒動作迅速地把他的答案卡又從我這裡抽了回去，一切像是沒有發生過似的。

我呆呆地看著他，好半晌才回神。

不是我……

被發現作弊的不是我。

那，是誰？

老師撿起嚴靜雯座位下的一張紙條，打開來之後證實是國文科的答案，臉色變得十分難看，「副班長，這個是妳的嗎？」

也許是難以置信班上的模範生竟然犯下這種錯，老師的聲音略為低啞，連手中拿著的紙條都微微顫抖。

嚴靜雯沒有回答，但是頭垂得很低，肩膀也顫抖著。

「這張答案眞的是妳的嗎？」

她仍沒有回答，忽然，整個人趴在桌上，嚎啕大哭。

「回答我！」

老師當然沒有因此放鬆，她揪著嚴靜雯的手臂，就在兩人僵持不下之際，一旁的邵強忽然站了出來，「是我的。」

戲劇化的轉變讓大家傻眼，而，同樣做了虧心事的我，更是看得心驚膽跳。

老師嚴厲的眼神狠狠掃過邵強，「你確定這是你的？」她冷冷吐出這幾個字。

「是又怎樣？」邵強不改輕浮的態度，但我卻看見了他的額角在冒汗，手掌也握了起來。

「是，你就倒大楣了。」語畢，她硬是拖著身形高大的邵強離開教室，一路上，還依稀聽見她的咒罵，「你死定了，這次非記你個大過不可，竟敢在我的課上作弊，你們七班的，都是一群壞孩子……」

怔怔地，一滴淚忽然從我的眼角滑落，原本被老師揪著走的人應該是我，而，此刻我卻好端端、假裝若無其事地坐在自己的座位上。

邵強就這樣被帶走了，班上雖然少了監考老師，但卻已經沒人敢再作弊。大家都老老實實地趴在桌上，不然就是自顧自的檢查考卷，玩弄手中的橡皮擦和鉛筆，我卻還陷在深深的自責中，楊明軒伸出了大手，拍拍我的肩，示意叫我別難過。

看著他的臉，忽然有股想哭的巨大衝動。

自己剛剛到底在做什麼，我差點毀了自己也拖累楊明軒，這麼做，眞的是爲了他好嗎？還是只是單純地不想要輸給如閑？

想到這，我轉過頭去看她，如閑正望著邵強被老師帶走的那個方向發呆，她美麗的側臉即使是在發呆都還是顯得那麼樣地有個性，而我剛剛……眞的好差勁、好差勁。

下課鐘聲敲響了班上同學的同情與好奇，紛紛都說要去訓導處看看學校打算怎麼處置邵強，而這鐘響卻敲不走我心中的複雜情緒。

如閑拉著我和楊明軒往訓導處去，而紫萸則是選擇留在教室，說要找嚴靜雯把事情弄清楚。

心中五味雜陳的我就任由如閑牽著走，看見她另一隻牽著楊明軒的手，卻也無力將她推開，我只能默默地說服自己，假裝什麼都看不到。

半路上，遇到了正趕去訓導處要處理邵強作弊的導師，他氣急敗壞地對我們咆哮，把大家又都趕了回去，叫我們乖乖等在教室，還撂下狠話，說下一節、下下一節，以後的每堂課他都要親自監考。

「去！他監考？那我們更可以光明正大作弊了。」楊明軒戲謔地笑，我看見了如閑看著他，眼神是那麼晶亮動人。

他倆肩並肩地逕自走在前頭，而我，就這樣莫名其妙又落了單，只是這次沒有邵強再忽然冒出來陪我走過這一程，因爲他正在訓導處接受懲處。

迎面，遇見了趕來跟我們會合的紫萸，她神情慌張，邊跑、還邊嚷嚷著引來學弟妹的側目，等走近了距離，她才喘吁吁地告訴了我們驚人的事實，那張紙條眞的是嚴靜雯的！

「什麼？」過於訝異的我們不約而同地叫了出來。

怎麼會這樣，作弊是要被記大過、該科零分計算，還會喪失隔年的保送推甄資格

……

也許眞的太過震驚，就在我們大家都還說不出話來，陷入一片緘默時，忽然間，從廣播器裡訓導主任的聲音宣判了那個其實並不屬於邵強的罪狀，殘酷地傳在校園的每一處角落，更深深觸動我的心。

「三年七班十號邵強作弊，記大過一支，該科以零分計算。」

下一節考的是數學，監考老師理所當然地換成導師。他捉到把柄更是毫不留情地數落班上同學，什麼難聽的字眼紛紛脫口而出，反正我們在導師眼裡從來都不是好東西，除了嚴靜雯那一派乖乖牌。

「你們這群不要臉的，作弊就算了，反正你們就是那種會作弊的壞胚子，竟然還想嫁禍給同學，讓人家背負這種恥辱，眞是功課爛還品行差，誰當你們導師誰倒楣……被記大過活該！我何必爲你們這種差勁的學生求情？一個大過我還嫌不夠……你們，眞是把我的臉都丟光了……」

但諷刺的卻是，導師說的那「好學生」才是眞正的始作俑者。

導師在自己的座位上滔滔不絕地罵得起勁，大家沒一個人理他，只低頭寫考卷，而，那可惡的始作俑者卻始終不敢抬頭接觸到導師的目光。

當天考完，我和楊明軒並肩走回家的路上，兩人都沉默不語，也許是邵強的事情帶給我們太大的震撼，加上導師那番貶低人的訓話，讓大家的心情即使考完了試都還是無法放晴。

走著走著，來到平時說再見的那條岔路，楊明軒忽然停住了腳步讓我撞上他的背，他揉揉我撞疼的額頭，終於說話，「妳應該慶幸被發現的人不是妳。」

抬頭，看見他眼中難得的溫柔，「如果是我，你會像邵強一樣跳出來頂罪嗎？」不知道爲什麼，我忽然這麼問。

他沒有回答，只是深深的眼眸裡映有我任性的表情。

「會嗎？」我拉拉他的衣角，怯怯地又問一次。

他的左手握著書包的背帶，右手插在口袋裡，回答得不像回答，「下次不可以再做這麼危險的事，不要再爲我冒險，知道嗎？」

在他轉身離去的那個瞬間，從他的眼裡，我看到了我要的答案。

一個，肯定的答案。

12

當然，對當時的我們而言，這麼驚天動地的大事件不會輕易平息，尤其讓導師逮到機會，更是不可能大事化小、小事化無，甚至撂下狠話，要邵強一輩子都記得這個自己所犯下的錯誤，藉此，更是大費周章地說要開家長會，商量個整治班上風氣的對策，順便要做錯事的孩子出來向大家道歉，害我們七班壞了名聲，砸了他優良教師的招牌。

其實，班上根本沒有人要邵強道歉，更重要的是，邵強沒有錯，又何需道歉？

相反的，始作俑者的嚴靜雯卻仍安安穩穩地躲在邵強背後，繼續若無其事地接受老師的讚美與安慰，繼續戴著假面具。

好幾次，我多想衝上前去告訴老師事實，可卻都被邵強拉住，他只用一種淡淡地，滿不在乎的語氣告訴我，「大過記都記了，沒有收回的道理，反正也沒差，倒是妳，離我這種壞學生遠一點。」

那態度消極、眼神空洞的喪氣模樣叫誰看了都難過，對與錯的分別，我再也無法釐清。

這一戰，很顯然地，邵強已被徹底打敗。

縱然如此，導師還是沒有放棄要開家長會的念頭，那個美其名是商量整治班上風氣，實則批判的集會。

當週的星期日就是開會的日子，班長楊明軒、副班長嚴靜雯以及身為學藝股長的我都被指定當招待以及會議紀錄。

這天午後，天氣並不太晴朗，空中罩著濃濃的暗灰色，彷彿快要下雨，讓人有種想哭卻又無法暢快發洩的抑鬱。

家長紛紛到場，其中包括邵強的父親面無表情走進會場。這場奇怪的家長會倒是準時開場，大人們你一言、我一語的，全是叫人聽了頭痛的場面話，我只能暗自慶幸，還好媽咪有事無法前來。

稍後，當我在會議中途離席出來想要透透氣，經過走廊的角落，竟然發現身穿便服的紫萸和如閑，以及蹲在旁邊一語不發的邵強。

「你們……」

其實眞正讓我訝異的是邵強的出現，因為聽楊明軒說，在被記過之後，邵強就被他爸爸狠狠揍了一頓，禁足到考完高中聯考，哪裡都不能去。

「他說想來看看，所以……」如閑見邵強仍是沒有反應地看著地面，於是幫他接了話。

我把目光重新落在如閑身上，忽然發現今天身穿米色上衣的她有一種美，一股不像是國中生所散發出的氣質。

察覺我的眼神發直，她輕輕拍了我的肩，「怎麼啦？發什麼呆？」

「沒有，我第一次看見妳穿便服，很漂亮。」

「妳這朵傻小花！」她笑著敲敲我的頭，就像是楊明軒敲我的那樣，這是她向他學的，而這舉止更讓我像個未成熟的黃毛丫頭。

想想，我的衣櫥裡就沒有一件米色上衣，每次媽咪拉著我和爹地大老遠跑去百貨公司，東挑西選的還不就總是買了粉紅色的衣服。

「我……我去教室偷幾瓶飲料過來，等一下喔！」轉過頭，躲掉如閑笑話我的眼神，不想再看見她和她的米色上衣。

「順便叫楊明軒出來呀！」一旁的紫萸忽然開口，在我背後提醒著。

剎那間，心中有個念頭，不想從教室裡拿飲料出來、不想楊明軒出來、不想他看到今天穿便服的如閑、不想他看到她穿著米色上衣的美麗樣子。

我有些搞不清楚，自己到底在任性什麼？

如閑是我和紫萸來到班上第一個向我們示好的同學，平時也像個大姊姊似的照顧我們，教了我們許多事，只是，那次體育課之後，不知怎麼的便對她產生一種奇怪的抗拒，不想再對她好、也不想看見楊明軒對她好，凡事都變得愛和她比較……

我討厭這樣莫名其妙的自己，卻也無力改變什麼。

低著頭，沿著陽光微微透過烏雲灑在走廊的光線走，我只能將這不好的情緒怪罪於複雜的天氣、複雜的班級、複雜的世界以及複雜的……楊明軒？

他常穿的那雙白色球鞋在毫無預警之下闖入我的視線，不等我遲鈍的察覺，楊明軒已經站在面前，距離不過十公分。

「哇！」

我著實嚇了一跳，整個人不自覺地往後退了幾步，一個重心不穩，險些撞上走廊一旁的圓柱。

「喂，小心！」

所幸他眼明手快，大手一撈，把我又撈回原位。

小心翼翼地將我扶住之後，他有點嚴肅又帶有玩笑意味地看著我，「怎麼連走路都可以這麼專心？」

看見他的臉湊得近，那雙深邃的眸子映著光好吸引人，我想起了如閑也有著美麗的雙瞳，不禁怯怯地問，「你覺得，如閑漂亮嗎？」

「妳在說什麼啊？會議中溜出來就算了，也沒先講一聲，我還想著妳跑哪去了！」楊明軒語帶責備，平常寡言的他很少開口就這麼一長串的，他拉起我的手腕，逕自往教室的方向走。

「我說，我是很認眞問你，你覺得如閑漂亮嗎？」掙脫他的手，我就在原地等他的答案，淡淡的陽光照在我身上，映出了我任性的影子。

「怎麼這麼問？」他只好回頭，遷就著我。

「因爲……」其實我也不知道自己怎麼會這麼問，卻眞的很想知道他的答案，「因爲、因爲我覺得如閑很漂亮，跟你很配呀。」笑著，我說出了違心之論，這麼蠢的話，我竟然也說得出來。

他倒是豪爽地哈哈笑了兩聲，我聽起來卻格外難過，低著頭，默默越過他，自己走在前面，眼前蒙上一層霧氣，忽然有點溼溼的。

「葉如閑，很漂亮呀。」他的聲音從背後傳來，算是回答。

我就知道，又何必問，沈君簡，妳這個豬頭……

腳步很輕，心卻很沉，落後的楊明軒很快就跟上來，他一如平常地摸摸我的頭，用很溫柔的聲音在我耳邊說，「其實每個女生都有不同的美呀，我不否認葉如閑在班上算長得漂亮的，但像林紫萸，也有鄰家女孩那樣的親切可愛，而妳，就有一種……」

他看著我，腳步忽然停住，我也跟著逗留在原地，很認眞地等他回答。

「一種宛若溫室花朵的脆弱，讓人忍不住想保護妳、呵護妳，不讓妳受到絲毫風吹雨打。」

我不知道國文不太好的楊明軒也會說出這種像是小說台詞的話，不過聽了還是覺得很感動，有種熱淚盈眶的溫暖。

「妳一定不知道，在這班上，就有個人默默地守著妳吧。」他笑著用食指點點我的額頭，然後大步走開，「至於妳說什麼配不配的，我想，追葉如閑的男生大有人在，還未必輪得到我……」

他後來說的話我有點忘了，因爲我的注意力還一直停留在他那句話，「妳一定不知道，在這班上，就有個人默默地守著妳。」

我只能一個人佇立在原地細細咀嚼，胡亂猜測他說的那個人是不是他自己，心中驟然湧起巨大震盪，無法平息，更無法喘氣。

剛剛眼睛泛起的霧氣頓時消散，視線忽然變得好清晰，我望著那個已經消失在走廊轉角的高大背影，終於下定決心，第一次，敢這麼肯定自己的感覺……

我喜歡他。

13

當我還想著楊明軒剛剛那不知道是不是告白的告白，不知不覺，已經走到教室門口，看見他一個人倚在走廊的欄杆，應該是在等我。

「怎麼這麼慢？」

「腿短不行嗎？」望著他，我嘟噥著。

他倒是點點頭回答我，「可以。」

忽然我倆相視而笑，甜甜的奇妙感覺在心頭化開，像是草莓蛋糕那樣的滋味。

「無聊。」他笑著走去開教室的後門，示意我該進去繼續會議記錄。

「對了，」跟在他後頭，我忽然想起，「剛剛我在二樓走廊轉角那裡遇到如閑和紫萸，邵強也來了喔，我說等會兒要偷拿幾罐飲料去找他們的。」在走進教室的同時，我對著他的背影說，不知道他聽到沒。

「聽到了嗎……」

他沒回答我，轉眼只見他抱著幾罐原本要招待家長的飲料還有點心，回頭對我說：「走吧。」

「喔，」爲了怕被還在高談闊論的家長們和導師發現，我讓他先出了教室，順便把門帶上，「動作還眞快。」拍拍他的肩，害得他抱在懷中的「贓物」一個沒抓穩便落了滿地。

「哇！」

「掉了！」

我們同時發出驚呼、同時蹲下撿東西，一時之間沒注意到彼此距離太近，就在蹲下的那一瞬間，他的臉幾乎撲上我的。

一切發生得好突然，我們就這樣當場定了格，誰也沒敢說話，我從他的眼中看見慌亂的自己，卻怎麼也沒辦法鎮定。

以前嘻鬧時，也不是沒有這樣和他大眼瞪小眼過，只是……

只是這次，我可以清楚感受到他的呼吸、清楚看見他深褐色的瞳孔，清楚地數著他的睫毛，清楚地知道他也和我一樣慌亂，慌亂著卻又移不走腳步、拉不開距離。

「妳一定不知道，在這班上，就有個人默默地守著妳吧。」

他剛剛說的那句，就這樣不受控制地在耳邊反覆著，催促得我心跳加速，腦海一片渾沌。

他會吻我嗎？像是電影情節那樣……

我已無法抽出時間撥弄著玫瑰花瓣，邊數著他愛我、他不愛我，只能被動地定在原地，驚慌，卻也期待著什麼。

他只匆忙低下頭，像是逃避，「呃，我、我撿就好……」

楊明軒很快地拾起地上所有東西，起身，然後離開，動作很俐落，背影也十分瀟灑，「走吧。」

他頭也沒回地喊我，沒瞧見我還蹲在那，對著他遺落的、我的小小期待，有所感慨。

那個人，不是他嗎？我追了上去，卻沒敢多問。

後來，楊明軒、邵強、如閑、紫萸和我一行人走到樓下的五角涼亭聚集，一人佔據一角，你一言、我一語地打哈哈，暫時忘卻各懷心事的苦惱，邵強恢復了朝氣以及他那渾然天成的搞笑功力，讓大家終於鬆了一口氣。

我們，就像是回到一起布置教室的那個午後，可以這麼開心地聚在一起，就算是講些沒有營養的話題也心滿意足。

「欸，你們這樣溜出來不會被發現嗎？」紫萸倒還是機伶，開心歸開心，可也擔憂，深怕半路開溜的楊明軒和我被發現會受罰。

我瞄了瞄楊明軒，不知怎麼的想起剛剛，他臉一撇，看向別處，應該也和我想著同一件事，於是兩人異口同聲地回答：

「沒關係。」

「沒關係吧。」

「你們兩個默契還真好！」如閑笑著，話中似有參不透的寓意，還是我想多了？

「也好，就讓嚴靜雯一個人忙死算了，反正她……」

紫萸話都沒來得及說完，就瞧見涼亭外迎著細雨走來的人竟會是自己正在叨唸著的。什麼時候下起雨的……

她的頭髮上有著點點的水珠，身上的襯衫也溼了大半，這種雨，雖然是細細地下著，但也總會讓人溼透，她在雨中看我們笑笑鬧鬧了多久，沒人知道。

她淡淡地笑，眼神有股哀怨，看起來可憐兮兮的，「你們怎麼都在這裡？」

見邵強不動聲色，紫萸倒是站了起來，「妳來幹麼？」

如閑也跟了過來，手扠著腰，「這裡不歡迎妳，回去開妳的家長座談會吧妳！」

我不安地回頭去看看那兩個沒有反應的男生，此時的嚴靜雯，看起來好像很可憐，而且邵強都沒趕她走了，我們還有什麼話說？

「來都來了……」拉拉如閑和紫萸，我小聲地勸。

其實，在我認爲，邵強爲什麼肯替嚴靜雯這個道不同、不相爲謀的人擔罪，對她也沒顯出絲毫厭惡，事後還幫她說話，分明就是因爲喜歡她。

不過，雖然這是我唯一能想到的理由，卻也從來沒有得到證實。我只是自己一廂情願地覺得，認定邵強喜歡嚴靜雯，所以我們不該再排擠她，否則就讓邵強難爲了。

「幹麼幫她說話呀。」紫萸反而拉住我。

「哼，可憐之人必有可恨之處！」如閑的話很酸，字字具有猛烈的攻擊性。

終於，邵強開口，「外面下雨了，沒看見嗎？」

他示意嚴靜雯進來躲雨，惹得如閑更不高興了，「有沒有搞錯啊，這女的害你被記大過耶！」

邵強臉一沉，「被記過的是我，不是妳，所以不關妳的事。」

「可是她在這裡，我就不想在這裡，是她害你變成今天家長會的主角，你還想邀她在這裡賞雨嗎？」

「夠了沒？」一旁的楊明軒終於打破沉默，「不需要爲了她吵架吧？」

「對呀，對呀，」我自以爲是地打圓場，卻沒有想到，這自以爲是，竟招來之後的決裂。

「邵強，其實大家都是好朋友，就告訴大家爲什麼你要這麼護著嚴靜雯，我們也才能體諒，不是嗎？」

「君簡，妳爲什麼話中有話，我都聽不懂？」紫萸傻傻地問了，如閑也跟著搖頭。

「妳說什麼……」

邵強噤聲，沒再多講什麼，大家都在等著我解釋，連原本閃躲我眼神的楊明軒也都看著我，原來就要爆發的衝突，也因爲我的一句話瞬間冷卻。

「邵強，」我看著他，「我想，如果不是因爲喜歡一個人，你也不會爲了她承擔過錯吧？」

「不要亂猜好不好，因爲她是好學生，不需要爲這種事賠了前途。」邵強的反應強硬，語氣有些生氣。

我搖搖頭，以爲猜中了，他才惱羞成怒的，「爲什麼你一直幫嚴靜雯講話呢？她明明這麼討人厭，你卻還要包容她，不是喜歡她，是爲什麼？」

「沒爲什麼就是沒爲什麼，」邵強忽然站了起來，整個身形高我一截，一股氣勢讓我覺得很有壓迫感，「妳也和她一樣，妳們這種乖乖女都離我遠一點！」

語畢，他隨即淋著雨轉身離去。

對於他的態度，以及他的話，我還有點愕然，什麼叫做「妳也和她一樣」？我們不是好朋友嗎？爲什麼拿我和嚴靜雯相比，說我和她一樣，一樣是乖乖女，一樣是愛打小報告的「廖北鴨」嗎？

忽然覺得有一點受傷，我追出去，站在涼亭的屋簷下，圈著手大喊：「我跟她才不一樣咧！邵強你這個豬頭加笨蛋，明明喜歡她，幫她揹黑鍋還不承認！你明明是喜歡她的！」

邵強還是沒有回頭，我這一喊，只能喊給自己聽，證明自己和她的不同，可心中還是很無力。

楊明軒忽然走來，拉著我往外，「妳亂說什麼，去向他道歉！」

「不要，爲什麼要我道歉，我又沒有說錯什麼！」

甩開他，我步出屋簷，雨，不知何時變大了，一點一滴，毫不客氣地落在我身上。

「沒說錯什麼？妳知不知道妳……」

「妳知不知道妳已經傷到邵強了？」如閑不知何時也從涼亭裡走了出來。

「我又沒有錯！邵強自己明明爲了她付出這麼多，爲什麼還不能讓她知道！」

「知道什麼？妳懂什麼！」楊明軒生氣地說。

「爲什麼要對我生氣！」我也生氣地對著楊明軒，這個今天我才鼓起勇氣承認喜歡他的男生。

明明我只是想打圓場，可怎麼弄到這步田地，吵架的人反而變成是我？

怎麼會，搞出這樣的僵局？

「君簡，其實邵強喜歡的，是妳……」

最後，紫萸也步出涼亭，我們都在落著大雨的灰色天空底下，陷入靜默。

回頭，看見只剩下嚴靜雯一個人呆站在涼亭裡，流著錯愕的眼淚，那張看似可憐，卻又可恨的臉。

「他喜歡我又不關我的事！」

丟下這句話，冷冷的臉頰流下滾燙的眼淚，我匆匆跑開，只有紫萸跟了過來。

愛情，讓我變得任性。

而任性讓我開始討厭我自己。

14

就這樣，我們吵架了。

到最後，我也搞不清楚到底自己在和誰吵，是和邵強、如閑、楊明軒？還是其實只是在和自己嘔氣？

當天因爲淋了雨，晚上便開始發燒，雖然在媽咪悉心照料下退了燒，不過萌生逃避念頭的我還是裝出病懨懨的樣子，讓媽咪幫我向學校請了病假。

隔日星期一，天氣還沒轉晴，爹地媽咪都各自因爲學校有課上班去了，白天只剩下我一個人在家，呆呆坐在床上，前天的功課還沒做完，也就任它擺在書桌上。

窗外還下著雨，天空灰濛濛的沒什麼光線，很像下午就要天黑的感覺，我爬下床，開了燈，坐在床上覺得刺眼，又走了過去把燈關掉。

「君簡，其實邵強喜歡的，是妳……」

「知道什麼？妳懂什麼！」

「妳知不知道妳已經傷到邵強了？」

「君簡，其實邵強喜歡的，是妳……」

「妳知不知道妳已經傷到邵強了？」

昨天下午他們三個人說過的話還在耳邊反覆叨絮不停，甚至唸著唸著亂了順序，我也被攪得心煩意亂。

繞回去把剛剛關掉的電燈又重新打開，以爲可以振作起來，可是好像起不了作用。

就這樣，電燈被我開開關關，還是沒法拿定主意是要開燈或是關燈，只是自己抓狂，「啊」地大叫一聲衝進被窩，最後搞不清燈是開著還是關了。

爲什麼，大家都知道邵強喜歡我，只有我不知道？

「妳一定不知道，在這班上，就有個人默默地守著妳吧。」如今，我才遲鈍地把楊明軒的話和邵強總愛調皮搗蛋的笑臉聯想在一起。

終於，我想起之前如閑和紫萸逼問邵強到底喜歡誰時，他慌張看我的眼神、想起排球課上很積極幫我補考的熱心、想起那天，說要陪我走回家的體貼。他總是會說很多很好笑的笑話給我聽，常常假裝跌倒讓我笑，可是我卻……

傍晚，紫萸帶了老師交代的功課來看我，打開門的那刻，我曾以爲會是楊明軒，畢竟我們住得近，不知道是不是察覺了什麼，紫萸笑著解釋，「老師把這責任交給我，所以我就來了。」

搖搖頭，否認掉看起來很明顯的失落感，我拉著她進門，回到自己的房間。

「今天有什麼功課？」逕自走到書桌前，我背對著紫萸，隨手翻翻她剛放下的書。

可她沒有回答我，卻丟下了個我不知道怎麼回答的問題，「昨天，妳到底在氣什麼？」

「我到底在氣什麼？」停下手邊翻書的動作，我定了格，有點傻掉，「要是知道自己在氣什麼，今天就不會躲在家裡了。」像是抱怨，我嘟噥著，但紫萸卻沒聽到。

「君簡，妳從來沒發過這麼大的脾氣耶，妳不喜歡邵強又沒人勉強妳，」她把我轉了過去，表情十足認眞，「可是，妳是不是，是不是喜歡上班長了……」

是。

簡簡單單一個字，面對著紫莨，這個我最好的朋友，卻還是無法吐出口。

「我……那個，班長……」我只能和她大眼瞪小眼，吞吞吐吐半天卻一句話也說不出來。

邵強，這個總是會說很多很好笑的笑話逗我、這個常常假裝跌倒讓我笑的男孩是很好沒錯，可是我卻……

卻沒有辦法再多看他一眼，因爲我喜歡班長，喜歡楊明軒，很喜歡、很喜歡！

我無法清楚分辨自己是在哪一分、哪一秒喜歡上的，可能是在我第一眼認定他是壞學生的時候、可能是在他和導師挑釁的時候、可能是在他鼓勵我的時候、也可能是在他陪我一起走回家的時候。

反正，我是眞的很喜歡他，卻也和他鬧翻了，就因爲邵強喜歡我。

想到這，還是不禁懊惱。

「邵強很煩耶，」我跌坐在床上，沒承認也沒否認紫莨的問題，「害我現在不知道怎麼和大家和好了啦，我看，明天再請一天病假、後天也請、大後天、大大後天都一起請好了……」

「妳要不要直接休學算了？」紫莨沒好氣地唸我，語氣有點重，倒讓我乖乖閉嘴。

「楊明軒，昨天，他很凶地跟我對吼耶。」

看著紫萸，話題繞來繞去，最後，我頹然地抱著枕頭終於說出自己在意的原點，然後無力又無助地癱倒在床上，再也不想爬起來。

「今天早上班長有來妳家門口等妳一起上學……」

「什麼？」聽到紫萸這麼說，我不自覺地彈了起來，像被電到似的。

「可是後來妳媽告訴他說妳病了，還要他幫妳請病假，他就自己去上課了。」

難怪，媽咪都沒有打電話去學校……

「其實沒人要跟妳吵架，是妳自己，昨天忽然發這麼大的脾氣，害我嚇一大跳，今天班長還幫妳抄了國文注釋，明天，妳就若無其事和他們講話就好了，知道嗎？」

我只能乖乖點頭，除了點頭，我還不知道自己能做什麼。

紫萸離去之後，我待在房裡，翻著國文課本，果眞有一頁寫滿楊明軒的字，歪歪斜斜、醜醜的，可我卻覺得很可愛。

明天一定要跟他和好，當我還這麼想著的時候，卻不知道我和楊明軒，其實已經沒有辦法和好了。

我們的決裂，從那下著大雨的午後、從我說出任性的話之後、從我狂奔離開涼亭之後、從我發現他喜歡如閑之後。

他喜歡如閑，就像是我喜歡他那樣……

翌日，起得特別早，在鏡子前梳完頭，還有多餘閒暇時間可以開啓房裡那扇很久沒碰的偌大落地窗，很高興外面終於放晴，我篤定今天會是倆和好的好日子。

倚著窗台，迎面是清晨的微涼徐風輕輕挽過我的髮絲，受過雨水洗禮的大地是那麼地清新，前院爹地細心種植的花草也因爲甘霖滋潤更顯得綠油油，一片朝氣蓬勃。

我伸長脖子，抬頭望著單純的天空沒有一絲細雲，忽然有個疑問，這麼美麗的藍色屏障後面會是什麼？

都怪我地球科學這門科目沒學好，不知道答案，所以我自己想像了天空的那端有片淨土，四處都是白雲建築起來的城堡，裡面住著的都是身穿白色長袍的人，有捧著好大一束鮮花的小孩、有慈祥和藹的老人、也有……

我對著慢慢勾勒出的形影發呆，忽然發現，那幅美麗光景彷彿就是人人夢想的天堂了。

而我衷心希望，在那天空的彼端，眞有天堂。

「小君！下來吃早餐，怎麼還在陽台上發呆呢。」

俯身，發現媽咪拎著剛買回來的早餐穿過前院，是我最愛吃的飯糰，今天果然有個很棒的開始，我笑著。

吵架很容易，可是要和好，卻比我想像中的難多了。

一整個早上，我都懶懶地趴在桌上，讓頭頂的那片天維持淨空，沒有阻礙，讓楊明軒和如閑上課丟紙條比較方便。

「既然在生病，幹麼還逞強來上課？」

如閑以爲我還病著，時而伸手探探我的額頭，表示關切，然後又繼續和楊明軒互丟紙條，白色的小紙條在頭上飛來飛去地，叫人頭昏眼花。

紫萸、如閑，甚至邵強都已經主動和我講話，我也都乖乖地和他們和好，可是唯獨楊明軒，從早上一路走來上課，到中午吃便當，他都不吭聲，偶爾和我的眼神相觸，又很快地移開，他也許還在生氣，我心想。

他等一下就會自己來跟我講話了吧，或許他現在還忙著跟如閑傳紙條也說不定，待會他先跟我道歉了我才要謝謝他幫我抄國文注釋。

心裡還盤算著等他開口我要說些什麼，直到傍晚最後一節國文課，翻開課本，看見楊明軒醜醜字跡的那頁，才想起原來今天一整天，我們都沒有講話。

他很忙，忙著和如閑傳紙條，忙著埋頭回覆她紙條上的問題，也可能是在反問，忙著沒有時間和我說抱歉，我有些埋怨，有些忌妒，希望教室可以刮起一陣颱風，把我頭頂那些傳來傳去不嫌煩的紙條吹走！

「你們怎麼還沒和好？」

當晚放學，我因爲賭氣自己走得急，沒讓還待在教室的楊明軒跟上，倒是邵強，這個平時和我不同路的卻走在我後面，還硬是把我的書包搶去，說病人不該揹這麼重的東西。

「妳是不是還在生楊明軒的氣？」

一路上他問了很多問題，我當然曉得他關心我，可心底總還會有怨言，覺得畢竟是爲了邵強，我們才吵起來的。

「還是，妳在怪我……」

等不到我半句回答，最後他問了，正巧，我們走到平時和楊明軒說再見的那個路口，停住。

我急著搖頭否認，可路燈卻把邵強傷楚的神情照得那麼清楚，心中不禁泛起一陣酸，我知道，自己又犯任性了。

「對不起。」他小聲地說，「可是，妳知道嗎？從妳第一天來班上，我就偷偷看著這個女生眞的好可愛，那麼小的身影被畫板遮住大半邊，被老師唸的時候，臉紅得跟什麼一樣……

「我以爲，又是一個無聊、上課會正襟危坐的乖乖牌，教室布置那天，我看見了妳好強的一面，妳不但好強、勇敢、也很有正義感，竟然會跟老師頂嘴，妳和導師吵架那一次，眞是超帥的……」

說著說著，他的眼神變得柔和，向著我，眼中倒映著我被感動的樣子，說著說著，發現他似乎不只是在對我說，更像是跌入回憶，自己對自己訴說，聲音輕輕的。

「不過妳也很呆，因爲妳的體育很爛，做體操的時候常常同手同腳，排球考不過還會哭，但是我覺得這樣的妳，眞的好可愛……」

「我眞的很喜歡妳，」他揉揉鼻子，不知道是不是想哭，「可是我是一個被記過的壞學生，所以，以後我不會再對妳說喜歡妳了，也請妳不用覺得困擾。」

我不知道喜歡一個人和被記過有什麼關係，我想問，卻吐不出半個字。

他把我的書包交還給我，要我早點回家。

轉身，忽地覺得書包好沉，可眼底流不出來的眼淚更重。

「欸，」走沒幾步，我被站在原地的邵強叫住，「妳眞的很帥耶。」

「什麼？」我轉回去看他。

「『他喜歡我又不關我的事』這句呀，」他笑笑，感覺卻不是快樂的，「是林紫萸和葉如閑在講話的時候我聽到的，雖然妳沒有親口說出來，可是我想，喜歡另一個『他』才是妳的事吧，加油，我挺妳！」

我呆住，難道邵強察覺我的心事？目送他落寞的背影，眼淚終於承受不住，緩緩從眼角滑出來，然後墜落。

不懂，爲什麼我的心情也跟著難過……

然而，有邵強相挺似乎也起不了什麼作用，我和楊明軒始終沒有講話，幾天過去了竟然變成幾個禮拜，幾個禮拜過去了，竟然都要一個月了還沒和好。

反觀如閑和他，感情倒發展得不錯。

因爲這樣，班上不知道從哪傳出奇怪的流言，說是楊明軒變心喜歡上如閑，而我，已經全然失寵。我沒有太多的詫異，只是默默接受，這個幾乎成眞的蜚短流長。

楊明軒不再和我一同上下學，取代的是如閑，偶爾，我還會在校門口遇見應該是約好的他們，兩個人有說有笑地走進教室；楊明軒不再和我傳紙條，取代的也是如閑，偶爾，他們丟來丟去的紙條還會偏離航道，擊中我的鼻頭。

曾幾何時，已不見昔日的五人行，他們兩個就這樣單飛，我只能暗自慶幸，還好，我還擁有紫莄和邵強。

縱然如此，縱然我慶幸著還有紫莄，但每當她忙著的時候，我卻已經不能再轉頭去找如閑，只能自己一個人行動。

那天下午，擔任歷史小老師的紫莄還趕著改考卷，瞧她手忙腳亂的，我只在她身邊繞繞，本想找她一起去廁所，卻又不好意思開口，反觀坐隔壁的邵強還好整以暇地看我，笑嘻嘻地問我要幹麼。

陪我上廁所……我當然沒敢說出口。

我只能摸摸鼻子，自己走掉。一個人上廁所的感覺，實在很孤單。

路過樓梯口，我聽見熟悉的笑聲，走近，發現是楊明軒和如閑兩人倚在飲料販賣機旁的轉角，貼得很近、很近，她甚至還摟著他的頸子，像是電影中的男女主角在談戀愛一般。

雖然早預想得到，可心裡還是難免發酸，很酸很酸……

他會吻她嗎？會嗎？看見他們的動作是那麼親暱自然，難道這已經不是第一次了？他已經親吻過她的嘴了嗎？已經親過了嗎？

我無法控制不可遏止地胡思亂想，無法控制不可遏止地假設，即使那跟我早就沒有關係了，可是還是相當在意。

「戀愛，會讓妳們一起手牽手上學、在校園無人的角落裡膩在一起聊天，聊著聊著，他會看著妳，慢慢貼近妳柔軟的嘴唇，他的手會不受控制地撫摸著妳，讓妳感覺莫名的舒服，最後，上床。」

想起如閑曾經說過的話，我還記得很清楚，她當時眼神有多嬌艷誘人，或者，他們已經……

不要！我不要他們這樣！趕緊用手摀住嘴，深怕自己會失控尖叫出來，我要自己快點離開這裡，猛一轉身，竟然發現邵強站在我後面。

手還牢牢地貼在嘴上沒拿下來，可是，眼淚已經來不及接住，失控地跌出眼眶，溼了臉頰以及還摀著嘴的手背。

只要有紫萸和邵強就好！他們才是我的好朋友！

我知道自己又任性了，可這一次，是我自己允許的。

16

我蹺課了，這是我長這麼大第一次蹺課。

攬著邵強的腰，我失去知覺地側坐在他的單車後面，任他帶領，不知道要去哪裡，只知道我的眼淚還沒停下來過。

如果現在還留在學校的話，應該已經是下午第三節，溫老師的歷史課，記得是要抽考第三章的。

我們就這樣拋下一切，不理午後毒辣的烈日，沿著柏油路、順著輕風，循著半空中兩朵輕盈飛舞的粉蝶，不知不覺來到這熟悉的地方，綠色隧道。

「我要下來。」抹抹淚，我拉拉邵強的衣角，倔強地說。

我們把單車停在路邊，用走的，來到左邊數來的第七棵樟樹跟前，與我很要好的那個大樹伯伯。

「大樹伯伯……」面對著，我泣不成聲，像是受委屈的孩子似的哭啼，「請你，爲我保管我的傷心，好嗎？」

提出這個無理的要求，彎腰撿拾腳邊的小石子，指尖微微顫抖，像是有點不忍，不忍移除心上他的名，可那夾帶的悲傷洪流衝擊力量卻又早已遠遠超越我所能負荷。

「請你，幫我保管這個名字，可以嗎？」

一筆一劃，我邊刻著他名字，刻在大樹伯伯身上，想起他的好，原本欲止的眼淚又滑出眼眶，連話都說不清楚。

「我以為，一直都以為他是喜歡我的，因為他看我的眼神總是出奇溫柔，因為他總會在我家門口默默等我，一起去上學，就算等我等很久也都不會抱怨，他眞的是一個很棒的男生，是我從小到大，第一個，敢這麼肯定地……」

我摸摸那深深劃下的刻痕，楊、明、軒。

哽咽著，再說不出任何話，風很輕很柔地撫過卻讓我覺得好痛，覺得心上的傷口再也復原不了。

「沈君簡！」

忽地，身後的邵強把我旋轉向他，擁我入懷，好用力、好用力地把我抱住。

他是第一個這樣抱我的男生。

我被他摟得有點喘不氣來，靠在他肩上的臉掙扎著露出一點，用力地呼吸、用力地睜大眼睛想搞清楚發生什麼事。

耳邊還有好聽的蟬鳴，太陽也點點滴滴灑在層層油綠色樹葉上，映得閃閃亮亮，風從空中俯穿過這片樹林，捲起許多落葉翩然飛下，瞬間，這幅美麗光景彷若畫家繪成的畫。

但是，為什麼擁我入懷的、在我身邊的、陪我欣賞這風景的卻不是你，楊明軒？

驀然，憶起他和如閑在飲料販賣機角落摟摟抱抱的樣子，我猛一抽身，掙脫邵強，莫名的厭惡感湧上，他不該這樣！

他怎麼可以這樣大膽地抱我？他怎麼可以像楊明軒摟如閑這樣摟我，好噁心，我才不要，才不要像他們一樣……

「走開，我才不要你這樣抱著我！」連連退後幾步，我喊了出來，聲音還很激動。

「沈君簡，我……」

「不要過來！」邊喊，我跑開，「你們男生都一樣，都只想著怎麼靠近女生的身體，好噁心，眞的很噁心！」

轉身跑開前的那零點零一秒，我的視線觸及他的，那雙錯愕又慌張的眸子閃著不可思議的神情，我知道，我又傷害他了。

對不起，其實我不是氣你，邵強，對不起，眞的很抱歉……

我很抱歉，卻也無能爲力，只能逕自往前走，走往回家的方向。

這段路，印象中並沒有這麼漫長，騎單車也只要十五至二十分鐘就可以回到鎭上，但卻足足讓我走到腳都磨破了皮，擦出了血。

不知道走了多久，只知道好累了卻都還沒到，腳也好痠了，抬頭看著染成紅色紫色的絢麗天邊，才察覺已是傍晚時分。

路上的行車極少，我前前後後張望，竟然發現騎著單車的邵強還在。

大概離我七八公尺遠的距離，他慢吞吞地騎著他的單車，一發現我朝他那看去還得趕緊望向他方，假裝是在看風景。

我知道他是擔心，硬要陪著我的。

謝謝，邵強，你怎能有如此的寬容，我都對你這麼壞，你還……

唉，深深嘆一口氣，心上覺得癢癢暖暖的。

晚上回到家，我的腳已經腫得像豬腳一樣，望著自己那任性的傑作，還眞有一點悔不當初，誰叫我執意要用走的呢，這個拗脾氣，果然害人害己！

媽咪看見我扭傷又腫得不像話的豬腳，還不免先大驚小怪一番才帶我去看醫生，她質問著怎麼會弄成這樣呢，因爲心虛，所以我答不出來。

「阿姨，我們今天體育課要跑操場，男生一千六、女生跑八百公尺，您也知道君簡的體力不是很好，分數不及格，所以又重跑了一兩次……」

不愧是我的知己，稍晚，因爲憂心我下午蹺課的紫萸來到家裡探望，才編出了這麼個看來合理的謊言，想矇騙混過。

「可是，今天妳們穿制服，怎麼會有體育課呢……」

「媽咪，因爲今天歷史老師請病假，學校臨時找不到老師代課嘛，就調課了。」我傻笑著，額頭還在冒汗，媽咪是國小老師，對於學校事務熟得不得了，不過令我相當意外的是，她並沒有追根究柢，只帶著懷疑的眼神，叫我帶紫萸去房間玩。

我知道，其實媽咪並沒有相信。

關上門，紫萸眼底的擔憂立刻浮現，「下午妳和邵強去哪裡了？」

「我……」

「妳知不知道大家都急死了，嚴靜雯還一直想去向導師告狀你們蹺課，還好班長和如閑兩個把她看得死死的，不然妳就慘了。」

面對紫萸的指責，又聽到楊明軒如閑為我所做的，眼淚，不爭氣地潸然落下，有一些委屈、一些心虛、一些抱歉、更有一些難以言喻的莫名情緒。

「紫萸，對不起，我不是故意的，對不起，我真的不是故意的……」

我哭倒在紫萸瘦弱的肩上，一把鼻涕、一把眼淚的。

其實真正想要說的是，我不是故意要蹺課、不是故意要亂發脾氣耍任性、也不是故意要撞見抱在一起濃情密意的他們，不是故意要吃醋、更不是故意要喜歡上楊明軒，不是故意要傷害邵強的。

「君簡，」紫萸扶著我，「妳今天到底怎麼了？剛剛下課我一回到家就接到邵強的電話，叫我一定要來看妳。」

看著她那麼真誠的表情，彷彿天就要塌下來的憂愁，紫萸，妳真是我最最要好的好姊妹呀，我還自私地把心上的門鎖死，一步也不容許妳靠近。

對不起，讓妳這樣操心。

我給了她一個了然於心的笑容，決定心平氣和地傾訴自己所有起了化學變化的怪心情，「我喜歡上了一個人，楊明軒。」

她沒有顯現太多的訝異在臉上，或是早猜到了也說不定，只是把手交握在腿上放著，靜靜聽我訴說著。

夏夜，總會飄來舒適涼爽的晚風，席捲而來撲鼻的香氣是樓下前院爹地精心栽培的桂花，偶爾，也有一兩只誤闖房間的飛蛾慌張振翅，而我，其實就如那迷途飛蛾，不過，我不再感到害怕悲傷，因爲我知道，紫萸會像那皎潔的月亮爲我指引一條路，不論有多遠。

17

隔日清晨，我起得特別早，但與其說早起，不如說是徹夜沒睡來得貼切。

「小君，妳看看妳，那黑眼圈眞是夠嚇人的，媽咪沒要妳這樣沒命地念書呀，」媽咪爲我倒杯鮮奶，順便遞了早餐給我，「反正國中畢業就要準備出國念書，把英文讀好倒是眞的。」她見我傻愣愣地沒搭理，便逕自做了個結論，就是讀好英文。

「嗯。」我胡亂點頭，嘴邊啃著的吐司，一點味道都嚐不出來。

思緒還遺留在昨日，和紫萸促膝長談的夜裡，我終於鬆口說出自己喜歡的人是楊明軒。我一直以爲他喜歡的會是我，可是爲什麼到了最後和他擁抱的卻是如閑，我無法理解，眞的，很難諒解，還直說他們好噁心。

「對於兩個情投意合的人，不能這樣苛刻批評，何況他們還是我們的朋友啊。」

我當然知道這點，可就是無法故作大方，所以才會討厭這樣小氣、任性的自己啊，我說。

「妳眞的好任性喔，」紫萸把目光落向窗外，不與我接觸，她低垂的眼，從我這頭的視線看去顯得格外晶亮，「我喜歡邵強，可是當我知道他喜歡的其實是妳的時候，我卻反而感到欣慰，因爲妳是我最要好的朋友，所以，我覺得他很有眼光，我都可以這樣了，爲什麼妳不能……」

紫萸有喜歡的人了？紫萸喜歡的是邵強？紫萸眞的喜歡邵強？

她未完的字句無限惆悵，淡淡的、穩穩的語氣卻撼動我心底一波又一波的驚濤駭浪。

無疑地，我的愚昧、我的自私、我的任性，不只傷害了邵強，更深深傷害著喜歡邵強的紫萸，我口口聲聲最要好的好朋友。

「紫萸，對不起，我不知道，」摀著嘴，卻掩飾不了自己的驚慌失措，「我眞的不知道妳……」

她很平靜地轉回來看我，細心地幫我把髮絲勾在耳後，「不要對不起，因爲沒有人犯錯。」

她的眼睛笑得彎彎的，裡面，是滿滿卻又流洩不出的悲傷，她雖然沒有說，可我感覺出來她巨大的失落感。

有，我錯了。

但是，紫萸邵強，告訴我，到底要怎麼做才能學會你們那樣的寬宏大量？

「小君！」回應我的是媽咪，她告訴我有同學在門外等我上學，叫我趕快出門。是誰呀，拜自己的任性所賜，我帶著懷疑表情，走路很難看地踏出家門，然後驚奇地發現是紫萸，還有邵強和他的那部單車。

「這、這是？」這是什麼陣仗啊，我竟然說不出話來，可心上卻暖暖的，很窩心，「你、你們……」

「妳、妳、妳！」邵強把車騎到我面前，「妳這樣跛腳要走到什麼時候？上車啦！」看我還猶豫著，紫萸也扶我上車，她笑嘻嘻的樣子比起昨天發愁時美多了，「不要太感動喔，不然今天傍晚放學妳請客，我們去吃冰！」

坐穩，邵強的單車沿著道路向前滑動，發現路邊兩旁不知名的野生花朵開得正好，見他倆一搭一唱地沒完沒了，倒也熱鬧。

我歡天喜地笑了，「那有什麼問題！」

只要你們在我身邊，不要離開就好……

回首那時，我只單純地笑著，還眞以爲我們會一輩子就這樣吵吵鬧鬧地過下去。誰都沒有想到，原來人生就像一棵大樹，不管願不願意，你的老師、朋友、同學、甚至親人，總有一天，都會像片枯葉似的飄落凋零，從你生命裡脫離，直到你失去所有的葉子，屆時，也該是你離開的時候，無須傷心，眞的不需要傷心，因爲萬物生生不息，很快的，你們又會在不同的地方相遇……

「喂，怎麼望著落葉發愣？看起來好呆喔！」

下午，才眞的是體育課，因爲腳傷，我被特准在操場邊的大榕樹下乘涼，當時，正對著地上隨手拈起的葉子發呆，純粹憑弔對於楊明軒這段不成熟的感情，全然尙未聯想到生命的寓意。

紫萸因爲運動而顯得紅撲撲的臉頰忽然出現在面前，明快地打斷我的思緒。

「沒呀，無聊嘛。」我又撿了片葉子玩弄。

「別忘了今天傍晚要一起吃冰的，我還約了班長和如閑。」

停下手邊的動作，我看著她靈黠的眸子轉呀轉的，有點眼花撩亂。

「這樣吵下去也不是辦法，趕快和好啦，不要再搞小團體了，今天一起去吃剉冰，慶祝和好吧？妳早上答應的，不可以反悔喔，」她很開心地笑著，「今天，一九九九，九月十九，是我們和好的大日子，這麼多個九，我們五個的友誼一定可以長長久久的啦。」

她連續說了好多個「九」，我只得遲鈍地點點頭，再也沒有任何理由可以婉拒。

忽然，想起前一天在房裡說過的，我心不在焉捏了一把泥土在手心，像是要給自己壯膽似的，也不管弄得髒兮兮，私下，趁著大家都還在球場，我鼓足勇氣湊到紫萸耳邊，悄悄問了，「昨天，妳說妳喜歡……」

不知道是不是我說話笨拙的樣子惹得紫萸捧腹大笑，她笑得爽朗，笑得連球場上的同學聽到都轉頭回來看，「那是騙妳的！不然妳這麼固執，哪還聽得進去？如閑說妳是朵傻小花，還眞的！」

我分不清她說的到底是眞是假，只能很仔細地端詳紫萸，發現她的目光還緊緊追隨邵強，眼底小心收藏著她努力壓抑的眷戀。

我不勝噓唏，發出很輕很輕的嘆息，沒讓紫萸察覺，只是爲什麼，總是事與願違？

傍晚放學時分，大家都很守約定地說要去吃冰，夕陽將我們五個的影子拖得長長的，邵強和紫萸一路上邊笑邊鬧還哼著歌，走在最前頭的如閑則是拉著楊明軒。而我，只有自己看來楚楚可憐的影子陪伴，吃力地踩著步伐，明知道爲什麼自己心情不好，但卻只能怪罪於腳上的傷。

像是察覺了我的落單，紫萸很有默契地和邵強一起退到我身邊，半開玩笑說要架著我走。

「不要、不要，」我又氣又好笑地推開他們，「我自己走就好，免得路人以爲你們綁架我咧！」

我機伶地閃躲邵強，也許心裡多少在意昨天他的那個擁抱，而，像是洞悉我的想法，他倒是自動退了兩步，和我維持安全距離。

我不敢再回頭看他的表情，只能笑著假裝沒事，因爲我知道，此時此刻他一定很受傷，但是，我更不敢回頭去看紫萸，因爲害怕她也會跟著覺得難受。

我們三個，加上楊明軒如閑兩個，曾幾何時，已經不再是從前的我們了。現在的大家，各懷心事，像是開家長會那天午後我們逗留的五角涼亭，每個人各執一方，構成一幅難解的關係圖。

紫萸喜歡邵強，邵強喜歡我，我喜歡楊明軒，楊明軒喜歡如閑，而，如閑也喜歡楊明軒。

如閑，也，喜歡，楊明軒。

忽地，如閑轉頭向我們跑來，美麗的身影有如一隻輕盈飛舞的花蝴蝶，叫人看了不禁痴醉。她笑得開心，喜孜孜地向大家宣布，「等等有一個祕密要跟你們說喔，敬請期待！」

紫萸和我以及邵強三人彼此對望，已經猜到如閑要說開的那個祕密。

只是，任性的那一個的我，一點，也不期待！

18

我知道我很壞，也知道自己一定不會爲此懺悔，可是，我眞的希望時間停格不要往前、眞的希望我們永遠都不要走到冰店、也眞的希望永遠不要聽到如閑要我們敬請期待的那個祕密，就算此刻世界毀滅了我也會覺得開心。

我知道，我眞的很壞很壞……

語畢，如閑又笑笑地跑回楊明軒身邊，看著他們登對的身高和背影，我的心裡盡是發酸。

紫萸邵強也跟著佇足，安靜下來，也許因爲看見我比哭更難看的笑臉。

我笑著問，「等一下你們要吃什麼冰？」

沒有人回答，無言的沉默害我落得尷尬，只能自己接話，「我等一下要吃……」

卻因爲一個抬頭，驀然望見前方那對手牽手的戀人，啞口無言，一時之間竟忘了原本要說些什麼。

「我……」

他們，手牽手了，就像是電影裡的戀人那樣十指交握，金色夕陽戲劇性地灑在他們的髮絲以及肩膀，灑在他們笑著走過的街道上，也灑在他們隨手遙指的遠方，顯得格外浪漫好看。

還在發傻的我，根本忘記自己還大剌剌地站在馬路中央，一個失神，迎面差點撞上飛速疾駛的轎車，幸虧邵強在千鈞一髮之際握住我的手，及時挽救我這條小命。

「會不會開車啊！沒看到有人嗎？」

邵強很憤怒地朝那呼嘯而過的車狂喊，前面那對金色戀人才回頭關心，兩個倒是很有默契地吹起口哨，笑得那麼不懷好意，讓我渾身不自在。

如閑親暱地勾著楊明軒的手臂，指指他們自己，又指指我們，發現邵強還緊握著我的手沒有放開。

忽然，我明白他們在笑什麼，卻覺得一點也不有趣，面對這玩笑似的起鬨，我氣得立刻翻臉，也不管還沒向邵強道謝，便拍掉他的手，對他大吼大叫地，「就算被車撞死，也不要你攔我！」

轉頭，我隨即飛奔離開現場，留下一臉難堪的邵強以及不知如何收場的大家，一路上，憤怒的眼淚從眼角滑落，隨風紛飛飄零在空中失去了歸處。

討厭自己，我簡直恨透自己了，在心中，一次又一次地吶喊著……

我想，自己一定是病了，一定是病入膏肓了，最後，我想，自己的任性既然已如癌症末期，無藥可救，那麼，就讓我這樣死掉，也好過往後接受大家的責難。

翌日，我望著昨天被我拿起冷落一旁的電話話筒，心裡悲傷地胡思亂想。

從我自己瘋了似的哭著跑回家以後，他們大概也被我嚇了一跳，接著，晚上房裡爹地爲我設的專用電話就響個不停，我不想接，只好把話筒拿起來擺著，以免驚動隔壁房間的爹地媽咪。

無精打采地走下床，扭傷的腳還是隱隱作痛，我撩開窗簾，發現依舊是個好天氣，望著很藍很藍的一大片天空，曾經，也篤定會是個和好的好日子，而今，我已不敢多想。

如果，在那天空的彼端眞有天堂，那我應該歸屬的，會是這片土地之下的地獄吧？我頹然地拉起窗簾，不想再多看天空一眼。

原本是想裝病待在家的，但總還是被精明的媽咪識破，我只能拖著無奈的腳步去上課，無奈地面對那些總要面對的。

整個上午，我都在發呆，靈魂離家出走，只剩一具空殼擺在教室座位上，耳邊雖然偶爾響起一兩聲慰問，不過，是誰的關心，似乎也變得不重要。

我知道，我還在賭氣，只是不知道自己到底是在和誰賭氣。

也許是在和如閑生氣，頭頂上的紙條還是傳得相當熱烈，她讀著紙條時總是笑得特別燦爛，瞇著的眼睛彷彿成千上萬顆小星星閃爍，很是美麗。

也許在和楊明軒生氣，他低頭沉思寫紙條的樣子還是那麼好看，叫我不住沉迷，目不轉睛。

也或許是在和邵強生氣，看看他，發現他也正偷看我，關切又無辜的表情讓我更覺內疚，忽地兩個人的目光隔空撞在一起，卻也尷尬。

仔細想了想，其實是在和自己的任性賭氣吧，昨天，我竟然說出這麼過份的話……

就算被車撞死，也不要你攔我、就算被車撞死，也不要你攔我、就算被車撞死，也不要你攔我！

我還喃喃自語重複著這些傷人的字句，心裡盡是抱歉與悔意，卻在觸及邵強眼神時，吐不出一句對不起。

這次，我想我是真的觸怒大家，沒有朋友了。

中午用餐時間，避開了紫莄如閑，一個人走向新建大樓的頂樓天台，雖然在這裡逗留被發現是會記過處分的，可就算被處分，也好過教室裡和大家大眼瞪小眼。

抱持消極的心態，我對著便當，才不過嘆氣兩三聲就聽見午休鐘響，教室裡是會點名的，可不管怎麼樣，就是沒有勇氣離開這裡回去。

沈君簡，妳還眞沒用。

心裡忍不住自嘲，咒罵自己是個膽小鬼，忽然聽見漸近的腳步聲，這個時候，會是誰……

就當我還胡亂猜測之時，猛一抬頭，竟然發現是楊明軒。

「怎麼是你？」

我有些愣然，當然，還混雜著些許感動，因爲他是第一個找到我的人。而我就像是個做錯事的孩子，只能心虛地低下頭去盯著那雙熟悉的球鞋，卻不敢直視他的眼睛。

「爲什麼一個人躲著？不知道留在這裡會被記過嗎？」他對著原本蜷縮在牆角的我伸出手，要我跟他走，語氣像是命令，「回去，別讓我擔心。」

不知道怎麼的，或許因爲他的聲音不再溫柔，聽他的語氣，我忽然有點生氣。

他擔心我嗎？總是和如閑忙著傳紙條的他擔心過我了嗎？

「你才不會擔心我，」我用力甩開他的手，任性發作，執意要留，「你才不會。」

我撇過臉，故意不看他的表情。

天邊飛過一架客機，拖曳著長長的白煙硬是將原本湛藍的天空一分爲二，而楊明軒與我，剛好各自站在它所劃開的天空下，對峙著互不相讓。

他俊逸的臉龐逐漸浮出幾分惱意，「妳到底在生什麼氣？都幾個禮拜了還不夠嗎？」

他生氣了。而，此時此刻，我該得意自己終於也把他惹惱了？

忽然間，我卻發現，自己其實一點都不喜歡和楊明軒吵架的感覺。

「生什麼氣？」我問他，更像是問自己。

楊明軒，你這個笨蛋！

難道你都不明白我的心意、不了解我的感受嗎？瞅著他，看見他眼中倒映出的自己竟是如此悲傷。

「我氣你爲什麼都不來跟我和好；我氣你爲什麼要一直和如閑傳紙條；我氣你爲什麼要在販賣機旁邊的角落摟著她；我氣你讓我以爲你是喜歡我的，就像我喜歡你！」

我說了，終於說出喜歡他了，只是沒有想到，會是在這樣的情況下。

19

這就是我的第一次。

第一次向喜歡的男生表白，眼淚早就模糊視線，看不見楊明軒到底是驚是喜還是憂愁，一把鼻涕、一把眼淚的，哽咽到連話都說不清楚，可我還是很努力地，一字一句努力不懈地訴說著自己堅定的心意。

我喜歡你、我喜歡你、我真的很喜歡你！

終於，我拋下所有的束縛，放聲大哭，軟癱在他溫暖的懷抱裡棲息，聞著他身上淡淡洗衣精的香味，任他扗攬扶持，再也不用硬撐著，好像壓抑了很久很多很重的委屈都得以宣洩，一股腦兒地，像是一波洪流，狂湧而出。

「我知道自己很壞、很任性，」抬頭望著他，那張迷人的臉龐，我還抱有一絲的希望，「我可以改，那，你可不可以也喜歡我？」

可以嗎……我在心底虔誠祈禱，殷切地期盼他肯定的答覆。

楊明軒只摟著我的肩膀，改用輕柔的語氣，宛若一抹微風，可卻足以殺死我的滿腔期待，「沈君簡，我也很喜歡妳，可是就像是寵愛妹妹那樣，我對妳，並不是像對葉如閑那樣的感情。」

妹妹？我聽得有點傻了，這是個多麼冠冕堂皇的理由呀。

最後，我哭了，也笑了，笑自己痴，也笑自己傻，還笑他那可惡的慈悲。

轉身，他仍是一派瀟灑，「回去吧，他們都很擔心妳。」

見他沒再回頭，我急得大喊，「我不要當妹妹！我才不要當你的妹妹！」

楊明軒漸遠的背影看起來輕鬆自在，我卻只能待在原地，崩潰似的痛哭失聲。

曾經，他看我的眼神是那麼溫柔……

曾經，他總是寵愛地摸摸我的頭……

曾經，我深深認爲他喜歡的不會是如閑，是我……

是我，應該是我的……

還痴痴惦念剛認識當時的情景，分班第一天他不畏強勢向導師挑釁，那時默默認定他是個壞學生，一定不要和他講話，才這麼想就被他熱情地推出來當學藝股長。

還記得好清楚，因爲和導師頂嘴的緣故以致於被惡整的時候，也是楊明軒挺身而出幫我講話的，那天，我們發現原來彼此住得近，那天，我發現他其實是個很好玩的人，那天，雖然下著雨，可是心情卻意外放晴了。

不過是多久之前的事呀，現在想起卻恍如隔世，任憑眼淚流成了河，也早就換不回當初的單純美好。

「爲什麼會這樣？」我不住自問，始終，沒個答案。

稍後，紫萸邵強如閑楊明軒全都來到了這頂樓天台，今天風大，呼呼地吹亂大家的心情，沒人說話的時候，這裡瀰漫著可怕詭譎的沉默安靜。

「妳還是沒能把那天我跟妳說的聽進去，是嗎？」紫萸首先打破僵局，她幽幽地嘆氣，無奈的表情全寫在臉上。

「對不起，紫萸，我眞的做不到，我很壞，我眞的……」

模糊不清的視線循著楊明軒以及如閑兩個，還望見他們手牽著手，多麼情深，多麼叫人妒忌的畫面。

「君簡……」

對於紫萸的苦口婆心以及用心良苦，我想，我是注定要辜負的了，因為我真的學不會，學不會她所說的那樣寬宏大量。

我終究無法理解，為什麼楊明軒最後喜歡的會是如閑，更加無法諒解為什麼楊明軒告訴我其實只把我當作妹妹。

為什麼，我就是不懂……

「對不起、對不起、對不起！我就是沒有辦法！」哭著，我朝他們吶喊，眼淚滑出眼眶的同時，看見楊明軒終於鬆開如閑的手，我卻仍是無法抑止地歇斯底里，「我就是任性行不行！我就是小氣、就是自私、就是壞心，你們儘管看不起我好了！」

如閑很生氣，被我挑起的怒火熊熊，她對著我，指責歷歷，「對！妳就是任性、小氣、自私又壞心，而且不只這樣，妳還是個被寵壞的小孩，難道全天下就只有妳能擁有幸福，別人都不能有這項權利嗎？」

我怔住，關於她的指責，竟然無話可說，甚至沒有反駁，只能默默全盤接受。

「不要再怪她了，她已經夠傷心的了！」忽然，邵強護在我前面。

「你走開啦，」如閑一把推開他，表情嚴厲，「今天我就要代替大家好好教訓她，邵強，尤其是你，難道你都不覺得自己一直在被糟蹋嗎？她完全忽視你的感受耶！」

「喜歡一個人，不就是這樣嗎？」沉默良久，他看著還是淚流不止的我，語氣很是平靜。

縱然今天的心情起起落落，但聽見這眞心誠意的自白，心上還是強烈地受到感動。

謝謝，謝謝你的愛護，雖然我還是不能愛你，邵強。

這些話沒說出來，我將它們擱在心底，他挨近我，從口袋遞了幾張皺皺的面紙，安安靜靜陪在身邊。

我知道，其實自己早已傷透他的心，可卻從來沒有向他道歉過，只是很任性地把他所有的付出全部視爲理所當然。

算了，任性到底吧，反正都要下地獄的了……

我不怕，已經不再害怕……

閉上眼睛，再次逃開邵強熾熱的關愛眼神，將它視而不見，毫無悔意的淚水佔滿臉龐，刺痛每一吋皮膚，更深深刺傷我們大家原來薄弱的友情。

「哼，這次被我逮到了吧……」忽然，嚴靜雯帶領導師從遠處走來，兩人皆是不可一世的神情。

「慘了啦。」紫萸低聲咕噥，又是一臉天塌下來的憂愁。

剎那間，邵強把我藏在身後，右手，緊緊握住我的，像是保護什麼心肝寶貝似的。

導師快步走來，大聲怒斥，「妳還想躲！」

他一個箭步向前，把我揪了出來，在我還尙未掙脫邵強的手之前。

「好呀，沈君簡，」導師笑得難看，像是終於捉住我的把柄好向爹地媽咪說嘴，他瞧著手還牽在一起的我們，「妳眞自甘墮落，小小年紀就學人家談戀愛！」

掙脫掉邵強，不知哪來的勇氣，我理直氣壯，「我沒有。」

「還沒有，手都牽在一起了。」嚴靜雯插嘴道，那張討人厭的嘴臉，已經和那日在雨中看著我們嘻鬧的她完全不同了。

所謂，可憐之人必有可恨之處，此時此景我才深深體會其中意義。

「難道要看到妳連肚子都大起來了，才可以定義妳在談戀愛嗎？沈君簡，我一定要好好向妳父親報告妳這麼不知檢點的行爲！」

「去吧，如果你眞要睜眼說瞎話。」我定定地看著導師，眼中沒有絲毫畏懼。

「好！」見他的威脅沒有奏效，導師立即改判大家罪狀，「你們午休時間逗留禁地，現在跟我去訓導處！」

瞧那威風的模樣，算是教育界的楷模嗎？我輕蔑地笑著，忽然覺得，就算被記過了，也無關痛癢。

我變壞了嗎？變成像師長說的那種壞學生了嗎？心底竟然有種叛逆的快感流竄。

是又怎樣……

我已經不在乎了。

20

「君簡，不要意氣用事，回家會被妳爹地處罰的……」走去訓導處的回程，紫萸捏著我的手心都是汗，感覺她的緊張，我抱歉的是把大家全都拖下水。

看著他們，都是我的任性惹的禍，「對不起……」

「笨蛋，說什麼對不起。」如閑看著我的眼底有著一種堅定。

「如閑，你們不生我的氣？」我怯怯地問，看著和楊明軒並肩走在一起的她，心裡還是會刺刺痛痛的。

「還是有一點。」雖然這麼說，但我感受得到她釋出的善意。

我知道如閑早就不對我生氣，再抬頭偷看其他人的表情，卻迴避了邵強的眼光，因爲還在生氣他沒經過我同意，就擅自牽我的手。雖然沒正眼看他一眼，可餘光卻瞧見那欲言又止的模樣，有些於心不忍，可還是狠心撇過頭，大步邁開，假裝視而不見。

關於自己對邵強的殘忍，我只有歸咎於任性這個無可救藥的病才能心安理得。

後來，我們全部都被記了警告，導師的說詞很難聽，偏偏訓導主任就是相信，胡說我們亂搞男女關係，行爲偏差不檢點，還說絕對會一一通知家長，請他們務必嚴加管教。

除此之外，最後還是免不了藤條伺候，我望著在手心來回狠狠抽動的藤條，偏激地認爲世上的老師沒一個是好東西，卻矛盾地想起會不會別人也同樣這樣議論我的爹地媽咪。

才不會，他們是最明理的，我這樣深信，殊不知自己釀成大禍，一場家庭革命才要開始。

傍晚的放學時分，如閑堅持等在校門口外要向嚴靜雯問個明白，儼然一副大姊模樣。

「這嚴靜雯，陷害我們幾個也就算了，竟然連邵強都不放過，虧他之前還幫她……」如閑撫摸被打得略略瘀青的雙手，心有不甘地抱怨，紫萸更是點頭如搗蒜地附和。想到嚴靜雯中午向導師告狀的樣子，還是覺得很生氣，明明她是有愧於邵強的。

「還沒有，手都牽在一起了。」

更因爲這句話，害得我和邵強必須背負莫須有的罪名，各自多了二十下的藤條伺候，將近一個小時的訓話，以及一篇一千字的悔過書，明天要交。

眞不知道嚴靜雯到底安著什麼心，驀然，我回想她說那句話時的表情，心中忽然浮現一個預感，莫非……

搖搖頭，我隨即否定掉自己天外飛來一筆的猜測，可卻又有著幾分肯定。

稍後，楊明軒領著那罪魁禍首過來，大老遠便瞧見我們全部都等她一個，臉上卻沒有絲毫畏懼害怕，反而出奇平靜。

「找我有事嗎？」她兀自走到我們面前，眼睛直直地看我，以爲是我策劃這一切。

如閑向前一步，拍她的肩，「是我找妳！不是她。」

「幹麼……」她轉過去看如閑，顯得有點吃驚。

「幹麼？妳還問我幹麼！」如閑氣得咆哮，「妳可以整我們幾個都沒關係，反正本來也跟妳話不投機半句多，可是，妳怎麼可以這樣對待曾經幫助過妳的人！」

如閑拉她到邵強面前，他倒像是個沒事的人，沒表情也沒說話，撇頭漫不經心地看著別處，似乎一切都與他無關。

「他幫妳掩飾妳作弊的事、幫妳承擔一支大過，現在又因為妳一句話被記了兩支警告，妳不是好學生嗎？飲水思源有沒有聽過呀？感恩有沒有聽過呀！」

紫萸也好激動，我看得出她是心疼邵強，「對呀，人家幫過妳，竟然還恩將仇報，妳到底有沒有良心呀……」

或許是承受不了如閑紫萸的猛烈抨擊，也或許因為良心不安，嚴靜雯哭了，豆大的淚珠佈滿臉上，此刻此景卻再也沒有人會可憐她。

「妳以為哭就會有人同情嗎？妳的眼淚已經不值錢了啦。」

不愧是如閑，總可以那麼輕易地針針見血，狠狠中傷人心。

路過的同學紛紛看向我們這邊，投以好奇眼光，以為我們這群壞學生滋事欺負好學生吧。

只是，這其中的是非對錯又豈可憑一眼判定？

「妳懂什麼？」嚴靜雯抹抹淚，也並未放低姿態，她昂首，一副不容侵犯的高傲態度，冷冷瞅著如閑，似乎決意與她槓上，「妳這個一天到晚都和男生廝混在一起的小太妹懂什麼！」

「啪」地清脆聲響，如閑向憤怒掌摑嚴靜雯，她最討厭人家叫她小太妹的了。

楊明軒上前想要阻止卻被甩開手，如閑的表情很受傷，「不准妳叫我小太妹！」

「哼，」嚴靜雯悶哼一記，也不管左臉已經印著鮮紅的掌印，「就要叫妳小太妹！」

又是「啪」的一聲、兩聲、三聲……

「不准妳這樣叫我！不准妳這樣叫我！」

如閑的姊姊當年就是不學好，學會抽菸、蹺課，最後還蹺家跟男朋友私奔不知去向，親戚總諷刺她不要也成了小太妹，跟姊姊一個樣，長大也跟男人跑了，所以如閑一直痛恨這個名詞。

嚴靜雯也夠倔強的，連連挨了幾個巴掌還不改口，硬要挑釁，「本來就是了，妳這個一天到晚和男生廝混的小太妹本來就什麼都不懂！妳不懂真正喜歡一個人的感覺是什麼！妳不懂！」

「妳說什麼！妳……」

嚴靜雯摀著紅腫的臉頰，還是不服輸，她哭著吶喊，聲音沙啞道，「你以為我又好過了嗎？我喜歡邵強！會這麼做是因爲我喜歡邵強啊！」

忽然間，大家陷入一陣靜默，或許是因爲過於驚訝，竟然沒有人說話，全場只剩下她哀戚的嗚咽。

「我喜歡邵強、我喜歡邵強、我喜歡邵強！」

望著嚴靜雯發了瘋似地喊，我的心裡突然不平靜，看著她，儼然，看見我自己。

「就是因爲喜歡你，我才帶老師去頂樓，」嚴靜雯激動地扯著邵強的袖子，然後用一種憎恨、悲憤的眼神看我，彷彿我是個可怕的怪物，「因爲我知道你一定是和她在一起！」

邵強甩掉她的手，嘴邊在顫抖，好像想要說些什麼又說不出來。

「我知道你其實喜歡的是她，可是她根本不把你放在眼裡，連白痴都看得出來她喜歡的是楊明軒！」

雖然這是大家心裡都明白的事，可是，從嚴靜雯的口裡就這麼大剌剌地說出來，我還是有種瘡疤被硬生生揭開的刺痛，痛得我難以承受……

才想著怎麼回嘴，邵強就把我拉了過去，堅定地擋在我面前，擋住了我的視線，讓我看不見楊明軒以及如閑的表情。

「那又怎麼樣？」邵強拉著我的手好用力，接著便看見自己的手臂被掐出一圈紫紅色，卻仍舊掙脫不開。

「我就是喜歡沈君簡，我就是喜歡她，比妳對我的喜歡還要喜歡。」

其實，我已經數不清邵強對我說過幾次這種理直氣壯的告白，只是，每每聽到，情緒還是無法撫平，禁不起任何風雨，止不住在心海推起狂瀾。

瞬時間，我忘了要喊痛，聽著邵強這麼肉麻的表白，連要驚喜還是生氣都慢了半拍反應。

楊明軒是什麼表情？聽見邵強這樣說一定很爲我高興吧？那麼，如閑應該也是同樣的心情了。紫萸呢？紫萸聽到這告白，又會有怎樣的心情？我不敢轉頭去看紫萸的表情。

一定是故作鎮定、比哭更難看的笑臉。

對不起，紫萸。

因爲不想紫萸傷心難過，我使勁甩開邵強，再也不管是否又會傷害到他，頻頻後退，不讓他接近一步，「不要！我才不要你喜歡我！我討厭你！聽到沒有！邵強！我討厭你！討厭你說你喜歡我！討厭死了！」

我轉身，像昨天一樣地跑開，也像昨天一樣地留下滿場難堪，只不過，這次不同的是，我並不知道，這一跑開、這一次任性，卻留下再也彌補不了的過錯。

曾經，我對天發誓，如果時光倒流，自己絕對不再脫口說那些傷人的話、絕對不再任性轉身跑開，不再……

無奈時間不能重來，犯了錯的悔恨卻成爲最殘忍的懲罰。

當下的自己全然不懂這些，只知道逃避、生氣，與一味地任性，那天，一九九九年，九月二十日，邵強的臉，那張寫著惆悵失意的臉，至今仍讓我深深感到內疚……

一路跑回家的我，還在遠處便望見媽咪憂心忡忡地等在門口，心中覺得不妙，莫非導師眞的向爹地媽咪打小報告，誇大那些子虛烏有的謠言？

「小君！」她看見我也看見她，滿臉憂愁，「妳到底在學校交了什麼壞朋友，怎麼變成這樣……」

還來不及辯解，踏入家裡，發現爹地早就一臉鐵青地在客廳來回踱步，印象中，爹地很少這樣板起面孔的。

討厭的導師，到底對他們說了什麼，我還在猜，心中七上八下，忐忑不安，手擰在一起，沁出汗來。

「爹地……」

我怯怯地走向前，迎面而來卻是他的一巴掌，「啪」地好大一聲，嚇壞一旁沒有說話的媽咪，更打疼了我。

第一次，這是爹地十五年來第一次打我，而這一次他竟然什麼都沒有問就先打了我！

「爲什麼打我？」

我哭了，也生氣了，淚水混雜著憤怒與傷心熱燙燙地滾出眼眶，更澆痛我的心，爲什麼就這樣不分青紅皀白地先定我的錯，還出手打了我？

「妳還敢頂嘴！」

「我又沒有做錯什麼，你怎麼可以打我？你從來沒有打過我的！」

我理直氣壯地頂嘴，語氣盡是不平與委屈，卻又換來爹地的一巴掌，打得我頭昏眼花，跌在地上。

眼淚鼻水不聽使喚地流著，我的視線被弄得模模糊糊，看不清楚，眼前這個長得很像爹地的人一定不是爹地，因爲我的爹地從來不會對我怒吼，不會對我生氣、更不會連著甩我兩巴掌……

眼前這個人，一定不是最愛我的爹地，一定不是。

「你們導師今天下午就打電話跟我說了，難道妳還想狡辯？妳才幾歲而已？就這麼不懂得潔身自愛，就這麼自甘墮落，我平常是怎麼教妳的？沈君簡，妳眞的讓我很失望，我的女兒怎麼會變成這樣！」

我眞的無言以對，可是，覺得失望的人應該是我吧？

我憤怒、傷心、不平、委屈，失望，最後，還深深覺得自己可悲。

終究，爹地還是相信導師的鬼話連篇，他甚至不聽我的解釋，不信任自己養了十五年的女兒，卻寧願去信一個素昧平生的陌生人的話，他和導師甚至沒有見過面沒有交談過。

「算了，」我抹淚，勉強站了起來，「反正現在說什麼爹地你也不會相信。」

傷心地揹起書包，想走回自己的房間，躲開這一切風風雨雨。

「妳這是什麼態度！」他攔住我，更是怒氣沖天。

「不然我要說什麼！你連問我發生了什麼都不問！那你說我怎樣了就怎樣啊！你連讓我解釋的機會都沒有！根本就跟我們導師那個人渣一樣！天底下的老師怎麼都這樣！可以隨便定學生罪、可以隨便動手打人！」

我氣得胡言亂語，壓根沒有察覺自己失言。

「妳，」爹地盛氣之下，一手揪著我到漆黑的後院，押我跪下，「妳在這裡給我好好反省反省！」

媽咪則是淚眼婆娑，苦勸道，「她在學校都已經被懲罰了，現在那麼晚了連飯都還沒吃……」

「還幫她說話，女兒會這樣，就是被妳寵出來的！」

於是，屋內意外蔓延戰火，而，屋外跪著的我，眼淚直落，不曾停過。

如果導師的目的是要我們這樣鬧家庭革命，那麼，我想他成功了。

今晚的月色一點都不美，空氣苦悶得叫人難受，我還哭喪著臉止不住淚，止不住傷心欲絕的眼淚。

想著大家，想著他們後來是怎麼散會；想著嚴靜雯，想著她怎麼會喜歡邵強；想著邵強，想著他會怎麼怨我；想著導師，想著他怎麼可以這樣惡整我們；想著爹地媽咪，想著他們怎麼可以這樣不信任我，想著今天發生好多好多全部都是不愉快的事。

今天一定是被詛咒了。

多希望趕快過完今天，趕快迎接明天，可我卻再也沒有勇氣可以面對他們大家，特別是邵強……

想著想著，仍舊淚流滿面。

不知道過了多久，只知道跪著的膝蓋早已麻木失去了知覺，媽咪從屋內走來，爲我披上一件薄外套，卻被我賭氣似的抖落在地上。

「穿上，晚上比較涼，不要感冒了。」

她說，都已經深夜十一點多了，爹地還不發一語地坐在客廳生悶氣，她問我餓了沒，要幫我下碗麵吃，見我沒答應，又自個兒轉身進到屋內，沒多久，果眞捧著那熱騰騰的愛心走來，端在面前。

「趕快吃，吃完就去睡覺，知道嗎？」

撲鼻而來是令人垂涎三尺的香味，但眞正讓我感動的卻是她無微不至的呵護。

對不起，媽咪，害妳和爹地吵架了。我知道，爲了我，他們還沒合好。

儘管心中諸多抱歉，可話到嘴邊卻又打住，我任性搖頭，冷酷拒絕媽咪的關愛，用力推開她特地爲我煮的湯麵，一個不小心，打翻了碗摔在地上，應聲破裂。

飛濺的熱湯灑在媽咪身上，我擔心，很怕她傷著了又不敢抬頭看她。

「小君，妳！」

媽咪沒有生氣，只是深深嘆了一口氣，低頭，慢慢、慢慢彎下腰去收拾滿地玻璃碎片的殘局。在她低頭的那一瞬間，我瞥見媽咪不知何時長出來的白頭髮，顯得那麼刺眼。

我不記得，那轉了色的白髮是什麼時候冒出來的……

我不記得，媽咪的動作什麼時候變得不這麼靈光……

而粗心的我卻從未發現，原來，當我正一天天茁壯長大，爹地媽咪卻正是在一點一滴地衰老……

22

如果有人問我，這輩子做過什麼最後悔的事，我會回答，就是當時沒有接受媽咪那碗熱騰騰的湯麵，沒有把媽咪為我披在肩上的外套穿上，沒有直接了當地告訴她，「對不起，我錯了。」

而，這份抱歉卻使得我悔恨終生，因為，那是媽咪最後一次煮麵給我吃，那是我聽見媽咪最後一次喊我，最後一次，喊著我的名字卻是用這麼傷心的語氣。

那時，為了逃避心中諸多的抱歉以及內疚，我竟然就這樣丟下還在撿拾碎片的媽咪，任性地一溜煙跑開，回到自己的房間，深鎖大門，不敢面對。

門外，偶爾傳來爹地媽咪的嘆息，偶爾傳來他們的對話，我只能假裝聽不見，翻開書包，想著趕快寫完作業，趕快上床睡覺，趕快過完這討厭的一天。

「我當然知道她曾經蹺課，也當然猜得出來爲什麼她會哭著跑回家，只是，我以爲少女情懷總是詩，相信小君自有分寸……」

媽咪哽咽的聲音從外頭傳來，打亂我正在計算數學習題的思緒，原來，媽咪都是知情的。

稍後，沒再聽見他們的談話聲，應該已經就寢，想了想，決定明天要向爹地媽咪道歉，要解釋清楚事情的來龍去脈，一定不再讓他們操心。對了，明天還要早起，我想陪爹地媽咪一起去晨跑，順道買早餐回來，很久沒有一家三口比賽跑步了呢。

趴在桌上，令人頭疼的習題都還沒解開便昏昏欲睡，心上掛念著明天，計畫早餐要吃我最愛的飯糰，還要配米漿才夠味……

倏地，一陣劇烈搖晃把我從夢中驚醒，燈光閃爍幾秒便在瞬間熄滅，一下子，整個世界陷入黑暗。

我害怕地尖叫，巨大聲響卻覆蓋我的哭喊，耳邊傳來重物碰撞著地板隆隆作響，敲得我心亂七八糟，房裡傳出「咚」的好大一聲震盪，接著走音的琴聲像在痛苦呻吟，聽來格外淒涼可怕。

那麼驚人的搖晃讓我連站都站不穩，摸黑想逃出房間，卻被垮掉應聲倒下的笨重鋼琴擋住去路，正奮力想著一定要活著爬出去，卻不知道被掉落的什麼東西猛烈撞擊頭部，頓時嗅到噁心的血腥味道，溼溼黏黏的液體立刻流滿臉龐。

「爹地媽咪！救我！」

我哭著爬出房間，慌亂地伸出雙手又抓又摸想找尋他們，只感覺有雙用力的臂膀包住我，然後才傳來爹地顫抖而急促的聲音，「小君有沒有受傷，有沒有受傷？」

還沒來得及回答，更大的一波搖晃震動讓原本以爲堅固的房屋不堪一擊，爹地抱著我就忽然倒下，發出悽慘的叫聲，我覺得好重好重，身上像是壓了千斤重的水泥似的。

「爹地、爹地！」我急忙喊著，他抱住我的雙手感覺溫溫溼溼的，不知怎麼的我一直聞到令人作嘔的腥味。

是血嗎？我害怕地啜泣，不知所措。

「我……沒事……」聽見爹地有了答應，終於放心，改喊媽咪，她從我的下方，發出微弱細小的聲音，「媽咪……媽咪很好……」

「媽咪、媽咪！妳在哪裡？」我又急又擔心，哭得上氣不接下氣地，忽然，覺得腳踝有個微溫的觸感，應該就是媽咪，「在這裡，不要擔心……」

怎麼會這樣，一定是老天懲罰我不孝順，忤逆雙親。

對不起、對不起、對不起，都是我不好……

哭著，不知道重複多少次對不起，直到哭乾了淚水，眼睛好痠好痠，好累好累才停止下來。

爹地媽咪也累了嗎？怎麼都沒再聽到他們的聲音？

「爹地、爹地？」我好用力、好用力地喊，聲音卻好小、好小。

爹地沒有回答，他的手還是環繞著我，頭垂在我的肩上，發出低沉而緩慢的呼吸聲。

爹地，你睡著了嗎？如果覺得疲倦，就好好睡吧，這次換我當你的枕頭。

「那，媽咪、媽咪妳呢？」此刻，已經感到自己筋疲力盡，可還是很努力地想從喉嚨擠出一絲呼喊。

媽咪也沒有回答，我卻再也感覺不到腳踝邊媽咪的體溫。

媽咪，妳也睡了嗎？怎麼你們今天這麼愛睡呀？

陪我說話嘛，這裡好暗，我好害怕喔。

爹地媽咪，對不起，今天我很壞。

爹地媽咪？爹地？媽咪？你們睡得眞熟！

算了，沒關係，可是明天早上不能賴床喔，因爲我已經決定要和你們一起去晨跑，還要去買我最愛吃的那家飯糰。

明天早上，不能賴床喔……

漸漸，我再也感覺不到他們的體溫，只剩下自己喃喃自語著，我好冷、好累、好痛、好重喔。

我慢慢地輕閉雙眼，彷彿立刻來到翌日清晨，我們一家三口跑著、跳著、笑著、鬧著，貪婪地大口呼吸早上的新鮮空氣。

「哈哈，爹地媽咪，你們都跑輸我！」

我得意地跑在前頭，卻未發現爹地媽咪早就沒有跟上，他們在大老遠的地方向我招手，示意要我別回頭，繼續跑，向前跑，努力地跑。

「小君，妳一定要堅強，不管以後遇到什麼事，都要堅強地活下去喔……」

「小君，妳一個人要加油！爹地媽咪都會在這裡守護妳的……」

爹地媽咪就留在原地，圈著手喊著好長一串我聽不懂的話，神情感傷。

「我不知道你們在說什麼啊，不要走！不要離開我！」

轉眼，他們的身影如雲煙消散，我用手抓，只抓到一把空虛，忽地，時間與空間交錯回到兒時，爹地媽咪變得好年輕。

媽咪含笑抱著未滿週歲的好小的我，爹地則是開心逗弄，嘴裡唸著，「叫爸爸，來，叫爸爸呀，爸、爸！」

一旁觀看的我想伸手觸摸這幅幸福美景，畫面卻倏地消失不見，一下子，跳到我三歲那年，學會呱呱呀呀地說話，騎著國外姑姑過年回來時送的那輛小三輪車，老愛追在爹地媽咪後面跑。

而那年，也是爹地媽咪第一次帶我去綠色隧道看火車。當我看著那一節節車廂從眼前駛去，竟然還傻呼呼要騎車向前追去，直到火車已經遠得看不見，才氣得哇哇大哭。

到我八歲時，第一次當選模範生的那一年，當時，已經會騎腳踏車到處溜達，選上模範生的下午，學校不用上課，我瞞著媽咪，自己就想騎車來綠色隧道找大樹伯伯炫耀，卻一個不小心跌進爛泥巴坑，只好哭喪著臉回家，隔幾天跛腳上台領獎還被取笑。

十一歲的時候，我的畫作得了全校第二名，爹地還把畫掛在客廳牆上，每次逢人來家裡作客，都會很驕傲地向他們吹噓自己的女兒有多厲害。

我還記得好多以前的事，記得很清楚，十二歲那年、十三歲那年、十四歲那年……情景最後停留在今年，我十五歲的今天，與楊明軒、邵強、如閑、嚴靜雯、紫萸，我們尷尬對立，沒有說話的那個場面。

因爲認識了他們，我的國三生活從暑假開始，就擦撞出不單調的火花。我不再是單純的自己，不再是乖乖巧巧的好孩子，我會有自己的情緒、會和老師頂嘴、會喜歡男生、會作弊、蹺課、和同學吵架、以及頂撞我最敬愛的爹地媽咪，除了讓他們擔心更叫他們傷心。

對不起，眞的很抱歉。

但是，可不可以原諒我，原諒你們這個任性的女兒？

後篇

依循濁水溪旁的公路，就像是沿著時光的流，彷彿回到那年，當時，穿著白襯衫藍百褶裙的年紀，我還記憶猶新，好像，邵強隨時都會調皮地從背後冒出來嚇人一跳，然後笑得很燦爛地向我打招呼似的。

那一年，十五歲，距離現在的自己，似乎真的有些遙遠。

依循濁水溪旁的公路，就像是沿著時光的流，彷彿回到那年，當時，穿著白襯衫藍百褶裙的年紀，我還記憶猶新，好像，邵強隨時都會調皮地從背後冒出來嚇人一跳，然後笑得很燦爛地向我打招呼似的。

那一年，十五歲，距離現在的自己，似乎眞的有些遙遠。

而這裡，山水相映佳景依舊，曾聽姑姑說過，爹地媽咪就是愛上這片好山好水才決定居住在這裡，最後他們終究回歸這塊樂土，想想，其實應該爲他們感到高興的。

擁抱這和煦的午後日光，依山傍水的美麗風景盡收眼底，終於，深深體會當時爹地媽咪的心情，剎那間，體內流竄著無比的感動，我開心地笑了。

雖然，無法計算天堂與人間到底相隔幾千里，可是，此時此刻我卻領悟了一個道理，原來愛與思念，是可以跨越距離的。

我回家了，爹地媽咪，我回來了……

楊明軒如閑紫萸邵強，我終於回來了……

喃喃著，含笑的眼裡溢滿長久累積的沉重牽掛，在那眨眼的瞬間，再也承受不住多年的壓抑，一時間，瀞瀞淚水奪眶而出，流洩不止。

終於回家了，你們，都還好嗎？

儘管懺悔的眼淚幾乎淹沒成海，儘管再也無法釐清置身回憶還是夢境，我就這樣睡去，清醒不過來，被放逐在悲傷而混亂的黑暗洪流裡載沉載浮。

在這奇怪的空間，不斷不斷重複著那天的不和諧，先是與自己的朋友吵架、被導師懲罰、和嚴靜雯談判、最後竟和爹地媽咪鬧出衝突。

「沈君簡，我也很喜歡妳，可是就像是寵愛妹妹那樣，我對妳，並不是像對葉如閑那樣的情感……」

楊明軒面無表情地對著我說。

「妳還是沒能把那天我跟妳說的聽進去，是嗎……」

紫萸的表情很是無奈。

「妳就是任性、小氣、自私又壞心，而且不只這樣，妳還是個被寵壞的小孩，難道全天下就只有妳能擁有幸福，別人都不能有這項權利嗎……」

如閑看起來很生氣。

「喜歡一個人，不就是這樣嗎？」

邵強流露難得認真的堅定神情。

「難道要看到妳連肚子都大了，才可以定義妳談戀愛嗎？沈君簡，我一定要向妳父親報告妳這麼不知檢點的行爲……」

導師的語氣很囂張。

「我知道你喜歡的其實是她，可是她根本不把你放在眼裡，連白痴都看得出來她喜歡的是楊明軒……」

嚴靜雯抓狂地對我吼。

「妳才幾歲，就這麼不懂得潔身自愛，這麼自甘墮落，我平常是怎麼教妳的……」

爹地失望而痛心地指責。

「趕快吃，吃完就去睡覺，知道嗎……」

媽咪則是關愛地催促。

每個人都帶著不同的情緒對我說，有愛、有恨、有心疼、有指責，複雜而混亂地在我眼前交錯出現。

本來說好了明天要早起，我卻一直身陷其中，無法自拔。

最後，我也睡過頭了，我們都失約了，錯過那個美好的早晨，沒有一起去跑步，也沒有去買最愛吃的飯糰當早餐，我睡得好沉好沉，耳邊忽然傳來爹地的聲音叨擾，終於，豁地清醒過來，結束這場漫長卻片片段段的黑色夢境。

「要堅強地活下去，知道嗎……」

這是爹地最後對我說的，他表情認眞而嚴肅，語畢，便重重地把我推開，唯獨牽起媽咪的手，消散眼前。

我不！

用力吶喊，爹地媽咪仍然執意離去，直到再也看不清他們的臉，我焦急惶恐地追，卻一步踩空，狠狠摔倒在原地，從此拉開距離，再也趕不上前去阻攔，晚了一秒，只抓足一把空氣，又從指縫流走，這才從夢中驚醒。

「爹地媽咪……」

雖然還是驚魂未甫地想要尖叫，卻發現自己發不出一點聲音，喉嚨乾乾啞啞的，彷彿幾十天沒有喝水，屋子裡的光線亮得令人無法適應，我只能瞇著眼，勉強想坐起來，可心有餘而力不足，最後只好放棄。

「醒了、她醒了！」

有人在一旁嗜呼，感覺好吵，耳邊充斥混雜著幾種語言，聽起來有像是英文的，像是法文、還有熟悉的中文。

這是哪裡？爹地媽咪呢？自己虛弱得連皺眉的力氣都沒有，更無餘力去解開心中的疑慮。忽然，室內燈光驟地轉暗，終於睜開眼睛，除了看見一堆從來沒見過的陌生面孔，竟然，還見到長年定居加拿大的姑姑和姑丈。

望著姑姑，我驚訝地發出粗啞的聲音，怎麼會……

發現我一眼就認出她，姑姑立刻伸手過來抱我，激動地痛哭失聲，叨叨絮絮一長串，連話都講得不清不楚。

這是怎麼一回事？爲什麼一覺醒來，我卻躺在這像是病房的小房間裡？爹地媽咪呢？怎麼沒在我身邊陪著？

眞的很多疑問，卻理不出頭緒，前一晚，被爹地懲罰跪在後院，然後，然後呢？我始終想不起來，總覺得好像發生過什麼驚天動地的事，腦海卻一片空白。

「救她……」

「請你們一定要救救我女兒……」

耳邊傳來爹地聲聲痛心的呼喊，我生病了嗎？

許久，姑姑終於稍稍止住淚水，用她那已經不太靈光的中文，慢慢地告訴我，「小君，不要害怕，姑姑來帶妳回家，以後姑姑家就是妳的家了。」

我不懂這句話的意思，但因爲當時眞的好累，只能順著姑姑，讓她重新爲我蓋上棉被，「好好休息，知道嗎？」

看著她那麼悲慟的表情，我乖乖點頭，可是心上還是掛念爹地媽咪，還是忍不住輕輕問著，「姑姑，爹地媽咪也跟來了嗎？」

「嗯……」

她的眼眶又泛起層層淚光，害我不敢再多問什麼。

閉上眼，爲什麼姑姑哭得如此傷心？還沒猜出答案，便又沉沉睡去。

當時，我不知道，姑姑遠從加拿大飛回來照顧我的那天，已經是台灣九二一大地震過後的第三天；我不知道，自己從小土生土長的鎮上已被震得滿目瘡痍；我不知道，這場浩劫奪走總共兩千多條人命，我更不知道，親愛的爹地媽咪其實已經命喪黃泉，從此，與我天人永隔。

而姑姑說，加拿大的魁北克，那裡以後就是我的家。

記得很久以前，姑姑剛嫁過去時，爹地也常帶著全家去那美麗的異國作客，對於位在聖羅斯河北岸，這個一直給人感覺很法國的城市，似乎，還有著幾分熟悉感。

姑丈是土生土長的加拿大人，和姑姑、表弟一家四口住在舊市區附近。這裡是法語區，隨處可見古典而高雅的城堡，偶爾還有觀光的馬車在街上溜達，令人有種恍若誤闖童話世界的錯覺。

最讓我流連忘返的，則是一條名爲「小香普蘭」的古街，據說這裡號稱「最古老的繁華街」，午後的街道總是瀰漫著咖啡館飄散出來的濃醇香氣、而裝飾美輪美奐的餐廳、復古浪漫的陶器以及藝品店家更是四處林立，叫人看得眼花撩亂。

不過，當我眞正有心瀏覽這座復古之城，已經是來到這裡很久以後的事了。

在那之前，我總習慣把自己封閉起來，就算再美的風景，也從未令我動容，因爲我還活在爹地媽咪離去的陰影之下，走不出來。

總之，姑姑在姑丈的陪同之下，回台灣停留　個星期左右的時間，悉心照料只能以醫院爲家，成天昏昏沉沉的我，另一方面也爲我準備簡便的行李，好帶到魁北克。

直到上了飛機的那刻，望著外頭飄散的雲朵，我都還恍恍惚惚的，任由姑姑做主，七手八腳地爲我料理一切。

我就這樣來到了魁北克。

姑姑一家待我十分親切，雖然不懂法文，不過姑丈會和我講英文，姑姑也遷就著我，與我用她遺忘多時的中文溝通，兩個還不到十歲的混血兒表弟也老愛黏在我身邊撒嬌，這兒的一切都很好，只是天氣有點冷，以及，每當我問起爹地媽咪時，姑姑姑丈總是一臉慌張地告訴我，他們過幾天就會來這探望。

那我可以打電話給他們嗎？

爲什麼爹地媽咪忽然要把我送來這裡？不是說好了國中畢業才出國念書的嗎？爲什麼那天他們也沒來送我上飛機？

學校不用上課了嗎？

我有滿腹的疑問。卻只看見他們難爲的表情，吞吞吐吐盡是推託安撫之詞，最後，我不再開口問，只是靜靜想著，希望爹地媽咪快點來看我。

一天、兩天、三天、四天……

直到那天，下了雪的夜晚，因爲睡不著到客廳走動，打開電視，卻發現了那重重疑問背後的眞相。

只是，如果可以，我希望自己永遠都不要發現這個可怕的事實。

24

「台灣九二一大地震已經事發滿一個月，總計死亡人數兩千多人……」

我呆滯地跪在電視機前面，顫抖不已的指頭撫摸撥放那些倒塌房屋的畫面，根本難以置信，那個地方就是我的故鄉，台灣。

「其中，震央集集，災情最為慘重……」

瞬間，鏡頭轉到我最熟悉的集集小鎮，畫面落在已經殘破傾斜的集集火車站牌上，心一驚，整個人頓時不支倒下。

誰來告訴我，怎麼一回事……

爹地媽咪，你們到底在哪裡……

求求你們，不要丟下我一個人……

一閉眼，爹地悽厲急切的喊聲還在耳邊，久久無法散去，聲聲句句都緊揪我心，那一夜的空白，卻怎麼也想不起來！

「救她……」

「請你們一定要救我女兒……」

「拜託……」

「我妻子還被壓在下面……」

「小君有沒有受傷……」

「妳一定要堅強地活下去，一定要……」

我的頭好痛好痛，腦袋轟轟作響，浮現眼前的淨是不完整的片段，儘管努力拼湊，仍喚不起回憶。

驀然，想起姑丈習慣把看完的報紙隨手擱在書房架子上，我起身，躡手躡腳地溜進書房，不敢讓他們發現。

一陣翻箱倒櫃，果然找著之前的新聞，大篇幅地報導這則慘絕人寰的世紀災難，看著那張張登在報紙上的黑白照片竟然就是我的家園，還有種彷若置身惡夢，難以置信的驚慌。

我的英文不太好，法語更是糟糕，看著這片密密麻麻的陌生文字，卻是唯一聯繫著我急於知道的答案，牙一咬，這次是鐵了心的，拿走姑姑久未使用的字典，抓著報紙就往自己房間跑。

還好，有這本老舊的字典幫忙，否則，我將永遠無法得知事實的眞相，小心翼翼地將字典捧在手裡，對照報紙一個字、一個字地耐心查閱，然後一句話、一句話地仔細翻譯，深怕一不小心，就會將整篇報導會錯意。

飄著雪的深夜讓我冷得全身顫抖，可是，讀著自己逐字逐句翻譯出來的東西，心，更是降至冰點。

「九月二十一日，台灣時間凌晨一時四十七分，發生芮氏規模七點三的強烈地震，震央位於南投縣集集鎮，災情之嚴重為百年來所僅見……」

「此次世紀震災山河變色，至少造成萬人無家可歸，受傷人數目前估計八千人，死亡人數達千餘人，目前仍在攀升中……」

眼淚潰堤似的落下，滴在自己潦草翻譯的筆跡上，模糊一片，最後，我終究找回那一夜失去的記憶，原來是那麼的痛苦。

我們的家，就是被震垮的。

當時黑壓壓的一片，我們並不知道房子已成斷垣殘壁，只知道亂七八糟的樑柱倒塌壓在頂上，令人無法喘息，裸露的鋼筋戳破爹地的手臂，他用那血淋淋受著傷的雙手保護著我，不讓我受到絲毫傷害。

起初，爹地還會和我對話，問我受傷沒有，還有媽咪，還會用微弱的聲音從底下與我對喊，到了最後，我再也感覺不到腳邊媽咪的體溫，取而代之的是冷冰冰、失去溫度的肉體，爹地也沒再搭理我，他將頭靠在我的肩上，像是睡著了似的，手卻還緊緊將我環繞。

我害怕得想哭，後來卻也跟著睡去，夢中，似乎很快就來到第二天，本來約好要去慢跑的……

捱過夜半，直到救難人員撥開瓦礫以及水泥塊找到我們，第一道陽光刺痛我的眼睛，頭部傷口讓我還有些飄然，天亮，發現自己的身上沾滿爹地的血跡，他醒了過來，眼睛佈滿血絲，神情憔悴，臉上身上盡是血漬斑斑，很是嚇人，卻一點都沒喊疼，只是費盡心力要把我從破碎的殘壁下拉出來交給救難人員。

「請你救救我女兒。」

「先生，我們一定也會把你救出來的。」

「我的腿被卡住，已經沒有知覺了，我的妻子，還被壓在下面，恐怕凶多吉少，請你們一定要救我女兒，拜託……」

他開口閉口都是請求，口口聲聲都是爲了我，然而，還沒來得及看清楚爹地的傷口、還沒問他痛不痛、還沒問說媽咪呢、還沒喊著要他們一定也救救我的父母，就被那群人接力抱走。

躺在擔架上，我的視線歪歪斜斜的，卻再也看不見昔日氣派的家以及美麗的庭園造景，眼前這堆崩塌的石塊、扭曲的鋼筋、脫落的水泥、龜裂的牆壁，這，竟會是我住了十五年的家？

爹地媽咪都還被埋在裡面，我的家人都還在那堆廢墟之下！

「爹地媽咪，我求你們，求你們讓我下來……」

我試圖要爬起來，卻被一旁隨侍的醫護人員按住無法動彈，只能任淚水從眼角靜靜滑落，離災難現場愈來愈遠。

上了救護車，一大堆叔叔阿姨環繞著我，拿毛毯，查看傷口、檢視我的意識，自己則是再也沒有力氣推開他們，就像是個破洋娃娃，隨他們擺佈。

耳邊，還聽見爹地用盡生命最後一絲力氣嘶吼，「小君，妳一定要堅強地活下去，知不知道！」

哭了，空洞的眼睛竟然還有眼淚流下來。

不要，我才不想自己獨自活著，你們怎麼可以幫我決定？我要跟你們一起，永遠在一起，無論生死與否，因爲我是你們唯一的女兒呀。

來不及回頭看他們最後一眼，來不及回頭看我原本幸福的家園，眼一閉，手一鬆，我的心決定連同爹地媽咪，一起埋葬這裡。

「病人陷入昏迷，快……」

不想，再去理會身邊那些手忙腳亂的醫護人員，此時此刻，我只是一心一意地，想要和父母團圓，想再和爹地媽咪起個大早去晨跑。

我很後悔，爲什麼前一晚要和爹地頂嘴，我很後悔，爲什麼前一晚要打翻媽咪的湯麵，我很後悔，眞的很後悔……

於是，垂淚的眼沒再睜開，就這樣失去意識，陷入昏迷。

恍然間，思緒才又再度飄回現實，回到還落著皚皚皓雪的魁北克，我激動地握著那過期的報紙掩面哭泣，悲慟至極，久久不能自己。

終於，我想起來了。

爹地媽咪，你們怎麼忍心丟下我？

我知道我很壞，還很叛逆，惹你們擔心生氣，可是，你們怎麼可以就這樣放棄我？

我會改，我會反省，可是爲什麼，你們連一個機會都不給？

這樣很不公平，眞的很不公平，從小到大，我才和你們吵這一次，可爲什麼，這一次你們連個懺悔的時間都不留？

不是說好第二天要去晨跑的嗎？

都還沒吃夠那家很香的飯糰配米漿呢……

這個世界很安靜，彷彿只剩一個我獨醒。

沒有關係，反正牽掛的人也不在身邊了，就讓我自己演獨角戲，在這胡言亂語，自己和自己對話吧。

同時，心裡卻終於明白，爹地媽咪不會來看我，再也不會了。

25

飄著的雪還是沒有停過，我坐在窗邊，直到腿麻了才發覺已經天亮，靜靜觀望著這個白色城市，覺得一點歸屬感都沒有。

想回台灣，這個念頭在心中醞釀，漸漸膨脹。

破碎倒塌的房屋、扭曲變形的道路、哭泣的人們，那些畫面一一浮現眼前，揮之不去，成了可怕的夢魘。

是的，我非回去不可！

一個轉身，我隨即下樓，不再靜靜地坐在窗邊，留戀窗外美麗的異國風景。

就在我向姑姑表明說要回台灣時，她的笑臉瞬間垮下，手一鬆，盛滿香醇咖啡的精緻瓷杯應聲墜落，發出清脆聲響。

碎片散落一地，她不知所措地俯身，竟然想都沒想就打算用手去撿。

「姑姑，」我攔住她，知道她在逃避我的眼神，「聽我說，我想起來了，我終於想起爹地媽咪了，所以我要回去看他們，我不能讓他們獨自留在台灣。」

她抬頭，讓我清楚看見她眼中的慌張與迷惘，「我怎麼還可能讓妳回去那個可怕的地方，妳爹地媽咪都已經葬身在那裡了，妳還……」

原來姑姑都是知情的，卻隻字未提，心中一股怨氣難消，想起這陣子這一家子對我的好，更是覺得生氣。

「就是爹地媽咪都留在那裡過不來了，我更要回去呀，你們都瞞著我，不跟我說，還好是我自己想起來，不然不知道你們還要騙我騙到什麼時候！」

「小君，妳！」

姑姑的淚一下子落得兇，姑丈放下手邊的報紙，沒有說話，而餐桌旁的兩個小表弟嚇得沒敢出聲，只睜大了眼直往我盯著。

「妳是哥哥唯一的孩子，難道我還會害妳？妳頭上的傷才剛癒合，這裡天氣又冷，還怕妳不能適應，如果妳再有什麼不測，我怎麼對得起哥哥嫂嫂，乖，再去多休息個幾天，好不好？」

她拉著我上樓，好說歹說，將我帶回了房間，姑丈和那兩個嚇傻的小孩全都袖手旁觀，任由姑姑不管我願不願意便把我的房門給關上。

「不要再想著那個地方，這裡，就是妳的家了，好嗎？」

隔著門，傳來她的苦口婆心，不理我哭著喊著，央求她開門讓我回去台灣。

「相信我，姑姑會給妳最好的生活，我們一切重新開始。」

門的這邊，我倚靠著失望地慢慢倒下，最後，一屁股跌坐在冰冷的地板上。

重新開始？要怎麼重新？又怎麼開始？失去爹地媽咪、全部的全部都回不去，我已經一無所有，什麼都沒有了。

「小君，妳一定要堅強地活下去！」

想起爹地的話，淚水潸然落下，為什麼當時不把我也一起帶走……

怨天尤人感嘆命運，曾幾何時，我開始活在悔恨的陰影下，唯獨如此，才讓不能平衡的心裡好過些。

然而，姑姑沒有食言。

她給了我最好的生活品質，先是買了一整櫃昂貴的名牌服飾，帽子、圍巾、手套、鞋子甚至包包，接著又買下一堆美術用品，顏料、畫板、畫筆、以及畫紙。床邊，坐著好大一隻絨毛熊的塡充娃娃，梳妝台上更是擺滿各式各樣的飾品與保養品。

我知道姑姑和姑丈過得很富裕，可是，望著那些用來討好的東西，卻從未眞正感到開心，因爲，那並不是我眞正想要的。

移走原本落在窗外的視線，我試探性地去看看今天房門有沒有反鎖，然後，又失望地坐回窗邊繼續發呆。

姑姑怕我離開怕死了，自從吵著回去的那天開始，便把我關在房裡，要出來，可以，只是屁股後面多了兩個小跟屁蟲。

「姑姑怕妳無聊，叫妳小表弟陪妳看電視吧？」

「叫妳小表弟陪妳去書房看書好嗎？」

「叫妳小表弟陪妳……」

不用了，最後，我還是寧願選擇自己待在房裡，坐在窗邊，靜觀外頭的世界，想像那裡有多美好。

對了，就像以前在學校上課時覺得無聊，望著窗外是一樣的。

我會觀察天空的雲朵如何千變萬化，觀察枝頭上的鳥兒如何跳躍，觀察……

其實，我眞正想要的，只是回家。

只想回家而已，就這麼簡單。

「小君，」忽地，房門輕然開啓，一束光無禮地投射進來，刺得眼睛好不舒服，稍後，卻瞧見一臉笑意的姑丈，看起來是這麼的和藹可親，「今天天氣好，等會兒一起出去走走吧？」

他仍用簡易的英文問我，這幾天我和姑姑賭氣，也不理那兩個小跟屁蟲，最後，姑丈成了這個家唯一和我溝通的人。

轉頭，望望窗外，一連下了好多天的雪，今天果眞放晴，難怪天空亮澄澄的美多了，可是，怎麼我的心情卻還是陰鬱的。

我遲疑著沒有回答，姑丈倒是爽朗地笑了，我想，他是懂得我在想什麼的。

「妳會喜歡這個城市的！」他推著我，走向衣櫥，「外頭冷，穿暖點，姑姑姑丈樓下等妳。」

這才不情願地點頭，可是我還沒答應要出去呢。

拉上窗簾換衣服之前，又探頭望望外面風景，要踏出這個孤單單的空間了，我終於覺得有些雀躍。

一路上，姑丈滔滔不絕地充當導遊講解，雖然似懂非懂，但也巧妙化解姑姑和我的緊張關係。

魁北克是這裡唯一保有城牆的城市，法式餐館、藝廊、教堂、劇院隨處可見，漫步在鋪滿碎鵝卵石的街道上，無須畫蛇添足，其浪漫復古的懷舊氣息便油然而生。

據說，兵器廣場其實是有歷史背景與戰略意義的，不過就在姑丈熱心介紹殖民時代以及創始人香普蘭銅像的由來時，我卻被附近藝廊街的各式各樣畫作吸引。那些藝術家也不管我是否眞會掏錢買下他們嘔心瀝血的曠世鉅作，還是好客地用法文說了一堆我聽不懂的話，眼底，盡是這些油畫、噴畫、版畫，心裡已經被這股以藝術爲名的生命力深深感動。

「哇，小君畫畫得名了呢！」

「小君以後一定是很棒的畫家！」

爹地媽咪的殷切期盼從心靈深處給勾扯出來，眼睛忽然溼溼的，再也沒有心情欣賞這些作品。

回頭，發現姑姑姑丈一家在和巧遇的熟人噓寒問暖，抹淚，卻抹不走心中又起的念頭，我要回去。

我要回台灣，我一定要回台灣。

對不起了，姑姑姑丈，這陣子謝謝你們的照顧。

趁著他們沒發現，我就這樣跑開。

在這樣人生地不熟的異國，沒有任何方向感，我只天眞地以爲，只要跑開，只要往前跑，一直不停地跑，就可以回到那個原來屬於我的地方。

跑吧……

不要回頭……

此時晴朗的天空落下點點白雪，當是祝福吧，我難得樂觀地想。

只是，不知道跑了多遠的距離，才剛脫離人群塵囂，都還來不及喘氣，便體力不支，累得跪倒在地上，再也爬不起來。

最後，我就躺在雪地上，眼睛還睜得圓大，望著天空，仍是一片亮澄澄的顏色。喘著、喘著，覺得身體漸漸變輕，輕得彷彿下一秒就可以隨風飛起，飄回我的故鄉，飄到我一直心心念念的台灣。

眼睛還是睜著，我看見點點的雪從遙遙遠方落下，落在我的臉上，然後融化。

於是，冷得僵硬的臉上漾起幸福的笑，而雪，還是沒有停住，漸漸覆蓋我的甜蜜笑容。

家，我在回家的路上了……

「她死了嗎？」

「妳不可以死……」

「一定要堅強地活下去！」

「救救她呀……」

「這個傻孩子……」

又來了，怎麼每次我累的時候總不讓人好好歇息？

耳畔沒有片刻寧靜，一直有著各式各樣情緒的聲音打擾，焦急的、悲傷的、鼓勵的、責難的。

我又病了嗎？懶洋洋地睜開眼，看見像上次在醫院醒來差不多的陣仗，於是乎，也沒有太多的驚訝，只是這次多了兩個小蘿蔔頭巴在床邊，可憐兮兮地用法文哭著喊我姊姊。

醒來，我撐起身體，有一點吃力，姑姑更是激動擁我入懷。我低頭嗅到她身上濃郁的香水味，很有法國味。

最後，她仍免不了來一段令我頭痛的法文。姑姑總是這樣，一急就會忘了要同我講中文，呼嚕呼嚕地叨唸著她已經慣用的語言，雖然我還是沒能聽懂，可不知怎麼的，當她抱起我、當我望見小表弟哭喪著臉、當我觸及姑丈溫和的譴責眼光，心裡開始發酸刺痛，好像，覺得有些對不起。

可是，是妳自己不讓我回台灣的。

想到這裡還是覺得生氣，所以任性地撇過頭去，假裝沒看到他們對我的愛和視如己出的親情。

「下次不可以再亂跑了，知道嗎？這裡不是台灣，是加拿大，是會凍死人的，還好有人發現妳，不然早就被雪掩埋，這次算妳命大，只是受了風寒而已……」

就這樣，還發著燒的虛弱的我又被推回自己的房間去。

這樁逃家事件暫時落幕，姑姑深怕哪天同樣的事情會再重演，更是嚴加看守，好像我是罪大惡極的逃犯似的。

從那之後，我根本沒再踏出房間一步，整天只坐在窗前，話也不想說，有時動也不動，像座雕像。姑丈不敢擅自出主意說要帶我出門散步，兩個小表弟看我常常沉默不語，也沒敢再粘著我玩。

這裡的天氣愈來愈冷，街上的積雪愈來愈深，如同我的心，愈來愈寒，而心上的悲傷與思念也越積越厚。

心靈的最深處，藏著很多很多以前的事，時間只過兩三個月，可卻恍如隔世。還記著，酷酷沉默的楊明軒、成熟美麗的如閑、親切可人的紫萸、搞笑又體貼的邵強，以及敢愛敢恨的嚴靜雯。

我常常會用去整天的時間，細細品味，回想每一個小細節，雖然有點晚，可是我卻發現，自己似乎可以接受楊明軒和如閑在一起的畫面了。

「歷經大地震後的集集小鎮，大家都還好嗎？」

「現在，應該已經考完第二、第三次的模擬考了吧？」

「導師不知道還會不會一樣盛氣凌人地罵學生？那，可怕的國文科李莫愁老師不知道還有沒有刁難總是考不好的同學？」

姑姑看我竟然養成了自言自語的習慣，開始緊張得不得了，拉著我去看心理醫生，於是，兩個星期一次，成了我唯一出門的理由。

我的法文仍舊沒有起色，所以始終聽不懂醫生的建議，倒是姑姑，每次都和醫生聊得很久。

後來，我似懂非懂地發現，姑姑原來是在傾訴，她說，面對這樣的我已經心力交瘁，我覺得，其實眞正需要接受心理輔導的是姑姑，而，總當自己是來陪她的。

心理諮詢的時間漫長，我都會到處瀏覽醫生的辦公室，她一定也很喜歡藝術，因爲室內擺了很多畫作，大多是不規則的幾何圖形，令人摸不著頭緒的圖像。

「聽說妳也很喜歡畫畫？」

醫生的助理凱琳小姐忽然從背後冒出來，打斷我專注研究眼前這幅作品的思緒，我有點訝異，因爲她說的是我勉強聽得懂的英語。

很久沒和人打交道了，我顯得有點靦腆，「嗯，以前。」

「以前？」她眼中釋放著柔和的善意，「畫畫可以幫助妳紓解心情，妳應該常畫的。」

「喔。」點點頭，然後有點不好意思地問，「我看起來很傷心嗎？」

「不會，」她笑了，眼睛溢滿成熟與智慧的美麗，感覺和小大人似的如閑有些相似，「妳只是比較害羞，我看得出來，妳是個開朗又有趣的女孩！」

我笑了，心裡深深覺得這個凱琳小姐人眞好。

先前生病住院，護士小姐都在背後說我陰鬱又古怪，而，關在姑姑家的房間裡，姑姑又說我總是沉默悲傷，總之，就是脫離不了那些負面的形容。

「對了，」凱琳小姐拍拍我的肩，像是熟識的朋友那樣，「下次妳來，記得帶妳的畫作來借我看看吧。」

「可是我……」

已經很久沒碰畫筆了，不等我說完，凱琳小姐已經捧著一堆資料夾，又跑回醫生身邊，忙碌地繼續她的工作。

因爲她的一句話，我拾起姑姑買的那些畫具，聚精會神調著明亮的色彩，姑姑看見我已經願意開始畫畫，又是一陣誇張的痛哭流涕，說著感謝上帝的幫忙，感謝心理醫師的輔導。

我的第一幅畫是「窗外」，就趕在定期去看醫生的前一夜完成。

只是，當我們再去看診時，已經沒再見到凱琳小姐，取而代之的，卻是一位看起來有點年紀的女士。

「請問，之前的凱琳小姐……」

「她啊，憂鬱症發作，上星期還吞安眠藥……」

後來，我們再也沒有見到凱琳小姐，聽說她自殺獲救，也聽說她因爲服藥過多回天乏術，不知道哪個消息才是眞的。

只是，我還印象深刻，她跟我說話的笑容是那麼燦爛美麗。

「畫畫可以助妳紓解心情，妳應該常畫的……」

「我看得出來，妳是個開朗又有趣的女孩……」

「下次妳來，記得帶妳的畫作來借我看看……」

我想，這個短暫路過我人生的凱琳小姐，一定是爹地媽咪派來提醒我的天使，提醒我千萬不要放棄了畫畫，提醒我要幸福快樂，就像從前那樣。

頓時，我豁然開朗，第一次覺得爹地媽咪還在身邊，從未離開。

拉開窗簾，我試著打開上鎖很久的那扇窗，「嘩」地一聲，雖是春季但冷風還是強勁地吹進屋內，惹得我頻頻顫抖。

至少，雪停了，有陽光了，不是嗎？

不畏冷冽的風，我小心翼翼地爬上窗台，瘋狂地赤腳踏在冰冰的窗台，踩著才要融化的雪，卻覺痛快。

圈著手，我開心吶喊：「爹地媽咪，我愛你們！我好愛好愛你們哪！」

回音延續了好久不斷，彷彿，可以就這樣傳到遙遠天空的彼端，他們居住的那個地方。然後，撩開長髮掩蓋住的耳朵，手還附在旁邊，我要很專注地聆聽他們的回答。

我們也愛妳，小君，爹地媽咪也很愛很愛妳的呀！

笑著，捱過這個嚴冬，心上的積雪終於要慢慢融化，而化掉的雪水幻化成臉上的淚珠，我，哭了。

眞奇怪，笑也會哭……

27

是的，春天就在我的殷切期盼下降臨大地，雖然，這裡的氣候還是惹得我直打哆嗦，其實這個時節的魁北克景緻正好，彷彿，只要隨意伸手框出一個視線便是美麗圖畫。

我開始勤奮地畫畫，從坐在自己房間窗邊畫外頭，延伸到附近街道以及更遠的地方，甚至，還在無意間發現一處人間仙境……

那裡，距離姑姑家步行約三十分鐘，有著一棟上了鎖的白色木屋，藤蔓爬滿屋頂，看得出來年代已久，遍地皆是野生的綠草如茵，屋子後頭則是幾乎直達雲霄的蓊鬱森林，而一湖綠水靜悠悠地伴居山中，彷若一面晶透的稜鏡，好像，只要往湖面望去便能瞥見偶爾誤闖人間的天使。

我愛死了這裡，多想把這片藍藍綠綠全部攫取在畫紙上，一開始，姑姑還會緊張兮兮地跟在身邊，縱使寫生總要耗上半天時間，她也會帶著書或是雜誌來消磨，就怕轉眼之間，我會像上次那樣開溜不見人影。

雖然經過再三保證，但我的話似乎不那麼值得信任，一直到後來姑姑自己覺得無趣了，才漸漸寬心，同意放我自己一個人到處晃，不過，那已經是將近兩個月後的事，爲此，她還大費周章地爲我配了手機，以便隨時找到我。

其實我是說眞的，自己不會再漫無目的地亂跑，至少，也得等身上存夠了錢，把自己的護照先偷回來再作打算，所以，偶爾我也坐在路邊學起街頭畫家，幫路人畫素描，賺賺零用錢。

姑姑總會笑著讚美我的畫技日漸精進，可是不知怎麼的，面對她的關愛，我卻對她仍回應不了善意，總是冷冷的、靜靜的，沒有討好的笑容。

記不得自己多久沒對姑姑笑，反正就是這樣，我想，也許自己還在記恨她不讓我回台灣的事。

日復一日，漸漸地眼裡與畫裡盡是魁北克的人物、街道與景色，直到房間再也擺不下我的畫，姑丈挪了間空房當畫室，仔細瀏覽全部的畫作才遲鈍地發現，自己把這裡的四季都已經畫過了一遍，一年，就在我總是埋頭揮筆之際悄然流逝。

算算，自己竟然已經十七歲，忽然覺得有點驚人，在台灣，大家的十七歲，應該都已經高二了吧，而我，仍躲在自己的世界裡，不肯出來。

姑姑開始積極遊說我上語言學校，講了一堆，終究拗不過我的沉默，最後算是放棄。其實，我也不是不想上學的，只是，這樣會更加讓我覺得自己不屬於這裡。沒有歸屬的感覺，或許對於早就融入異國的姑姑而言，已經很難體會了吧……

雖然如此，隔年的嘉年華我卻沒有再錯過。

魁北克冬季嘉年華在每年的一月底到二月初舉行，聽說已有百年歷史，是當地相當重要的節慶，因爲是在素有「雪都」之稱的魁北克舉行，因此呈現出來的各項活動皆與皚皚白雪息息相關，活動相當豐富精采，從狗拉雪橇賽、獨木舟賽、破冰船、雪泳，甚至是法國風格的夜間大型木偶遊行，以及街上隨處可見各家百貨公司和餐廳門外擺設的自製雪雕，都令人看得眼花撩亂，目不暇給。

這個原本靜謐可人的城市，也一下子湧入來自各地的旅客，更是把街道擠得水瀉不通，在這熙熙攘攘的人潮當中，卻還是鮮少看到和我一樣的黑頭髮黃皮膚，只要一這麼想，還是不免落得小小感傷。

姑姑過於用力拉扯手臂的力道讓我重回這吵鬧又繁華的街，路上滿是歡樂氣氛，與自己心底那股若有似無的淡淡惆悵顯得格格不入。

才這樣覺得，竟然就看見一抹身影從眼前倏地掠過然後消逝，我肯定，那是個男孩子的高大身型，而且和我一樣擁有東方輪廓。

想都沒想，我就邁開腳步，兀自甩掉姑姑的束縛，要去追尋那個身影。

不知怎麼的，更不曉得哪來的衝動，竟然不由自主地穿過一波又一波與我逆向而行的人群，只爲了那短暫閃過的影子。

一路上，自己跌跌撞撞，招來不少行人的側目，我卻只想一心追隨陽光底下那閃亮的烏黑頭髮。

台灣並沒有直飛魁北克的班機，轉機又相當複雜麻煩，所以在這裡遇到同鄉人的機率幾乎是微乎其微，縱然知道他也許根本不如我所想像的來自台灣，卻還是忍不住想……

然而那個身影，終究還是消逝在茫茫人海裡，回神，發現自己站在一條靜僻小巷，早就和姑姑一家人走散，只好灰心地重回到大街上，望著仍舊川流不息的人潮，發呆。

今天天氣晴朗，天空亮澄澄的，沒有絲毫白雲，很是乾淨。

雖然總是告訴自己，爹地媽咪就住在那美麗大空的彼端，時時刻刻都看著我，怎麼，心裡面還是覺得空空的，有著幾分孤單。

這裡的旅客，每個人都長得一模一樣，白白的皮膚加上黃褐色頭髮，深邃的眼睛以及明顯的輪廓很是漂亮，卻一點親切感都沒有。

我想，自己一定是被這個世界拋棄了，一定是被住在天空的爹地媽咪遺忘。

爹地媽咪，你們在嗎？我真的好想念你們喔。

我想念爹地坐在沙發上看報紙的樣子、想念媽咪在廚房準備晚餐的背影，想念我們一家三口一起的時光……

仰望依舊湛藍的天空，眼底滾動著感傷的淚順勢緩緩流出。

然而，一抹微風很溫柔地撫過我的臉龐，感覺冰冰涼涼的，爹地媽咪，那是你們嗎？

我真的，好想好想你們喔……

的眼淚。

風兒還是不停歇地吹來，心中飄起更多更多的愁悵，我掩面，不想路人看見自己哀悽的眼淚。

雖然明知道不可能，可是我其實一直都在等你們帶我回家，一直，都在等待那天的到來……

忽然懷中那隻不太常起作用的手機大響，稍後，不知身在何處的我，還是被姑姑給找到了。

遠遠的，我就看見她那麼緊張，姑姑的表情總是非常誇張的，常常自己也會在心裡偷笑她的大驚小怪，不過這次，望著她朝我飛奔過來，又是很激動地把我抱住，卻覺得，好像不怎麼好笑了。

「謝天謝地，終於找到妳，嚇死我了，怎麼總要讓姑姑這麼擔心呢，妳是哥哥唯一的孩子，如果失去了妳，我該怎麼辦，該怎麼辦啦……」

這次，我終於聽懂姑姑一大串嘰哩咕嚕的法文，卻只能任她在大街上就這樣抱著我無法動彈，心中，開始暖和起來，雖然還是沒辦法抽身離開那灑了濃郁香水的懷抱，不過，勉強抬頭，還是看得見姑姑身後的一片天空。

是錯覺嗎？剎那間，我以爲自己看到爹地媽咪在那裡對我擠眉弄眼的。

然後，我笑了，笑咪咪的眼滿溢忽悲忽喜的眼淚。

姑姑，對不起，又害妳擔心，以後我再也不會私自亂跑。

這次我是說眞的了。

28

終於，我和姑姑降至冰點的關係因爲回暖的氣候隨之融化，我開始陪著姑姑逛她最愛逛的購物中心，然後任她把我打扮成洋娃娃的樣子，毫無埋怨；也開始陪她去喝下午茶，然後聽她講一堆左鄰右舍的八卦，微笑點頭；更會陪她窩在廚房烤蛋糕餅乾等等的，做了許多母親幻想會和女兒一起做的事情，因爲姑姑生的兩個小混血兒都是男生，總算圓了她許久的心願。

漸漸，我會嘗試用法文與姑姑聊天，打從心底把姑姑當作自己的媽咪，陪她做了很多還來不及陪天上的媽咪做的事情。雖然總是裝酷沒說出口，可是她對我的好，其實我都銘記在心。

當然，大多時間，我還是沉醉在自己的天地裡流連忘返，在那個自以爲是人間仙境的湖畔小屋，有時畫畫、有時發呆，或者坐在樹下用盡整個下午的時間讀本簡單的法文小說。

雖然自己的語文溝通能力已經比剛到這裡時進步多了，不過，還是沒有想要上學的動力，老是悠哉悠哉地，活在自己的世界，也只躲在自己的天地裡面。直到那日，那個在嘉年華會上讓我跌跌撞撞、讓我盲目跟隨的背影的主人莫名其妙地闖入我的生活，我才赫然發現，原來自己的心跳還可以這麼激烈地跳動！

再次遇見，是在個天氣晴朗、萬里無雲的午後。

天空正藍，藍到連偶爾翱翔飛過天際的鳥兒都顯得突兀，無心責怪那忽闖我視線的小不點，自己還是很隨性地躺在草地，枕著手臂觀賞這美麗蒼穹，或和天上的爹地媽咪說說話。

我喜歡這樣，因爲這是我唯一和爹地媽咪溝通的方式了，我會告訴他們最近生活的點點滴滴，像是昨天陪姑姑買了新推出的香水、隔壁鄰居家的狗媽媽生了一窩寶寶、庭院的花終於開了等等，我的世界就這麼小，不過，總還是津津樂道，不知道爹地媽咪到底專心聽了沒有。

「最近，我的頭髮留長了喔，以前國中都要剪那種醜醜呆呆的髮型，現在終於可以留長髮了，媽咪，我還記得小時候都會起個大早，吵著要妳幫我綁辮子呢……」

邊說，我撩起原本枕著的髮絲把玩，忽然，視線裡多出了一張顛倒的臉孔。

我反射性地立刻從草地跳了起來，被嚇得心臟猛抽，這個存心嚇人的傢伙是誰呀？眞沒有禮貌！而且，這裡是我的地盤耶。

這個奇怪的男生蹲在面前，友善地笑了，「嗨。」

不過我卻懶得理他，先是撫平自己有些失控的心跳，然後才背向著他，梳理亂了的長髮。

「我從遠處看見這裡躺了個人，怕是出了什麼事，所以過來看看。」流利的法文從背後傳來，那冒失鬼的聲音倒是挺好聽的。

「哈囉？聽得懂法文嗎？還是……」

廢話，魁北克住了兩年，聽不懂法文才有鬼咧，可我就是不想理你！

「妳來自哪個國家呀？有沒有人說過妳的黑髮好漂亮……」

背後，感覺他竟然擅自牽起了一撮長髮，天啊，我和你很熟嗎？雖然不會女子防身術，不過我仍有自己的祕密武器，猛然一個旋身，髮尾狠狠甩在他臉上，聽見了他怪叫一聲，很痛，我知道。

「喂，妳！」

我笑著，得意地回頭想看看這個冒失鬼到底長得什麼模樣，卻在轉過身來瞥見他的那一刻，靈魂與目光瞬間被似曾相識的臉龐攝住，龐大的激動情緒在心底震盪，久久不能自己。

是他，今年在嘉年華會上我苦苦追尋的那個他，隔著好幾個月，整個魁北克都從白雪中脫胎換骨穿了一身新綠，而這張我幾乎要遺忘的臉孔，這個我幾乎要忘掉的背影，卻讓我在這無人的地方意外地遇見。

「是你。」想說，卻任憑嘴角顫抖，發不出聲音。

緊緊凝睇著他那雙和自己相同顏色的瞳孔，凝睇著他那和我一樣的膚色髮色，還是難掩心中情緒，這是來到這裡這麼久的時間，我第一次，看見除了姑姑以外的東方人。

「幹麼……沒、沒看過這麼帥的男生嗎……」

他倒懂得害羞，瞧我這麼近地放肆打量，講話竟然結巴起來。

顧不了這麼多，更管不了他會怎麼想我奇異的行徑與作爲，竟然脫口便是被我遺忘了有些時日的母語，中文。

「聽得懂中文嗎？」我滿是期待。

「你從哪裡來的？台灣？是台灣嗎？」

「喂，說話，回答我呀！」

果然，被我嚇傻了的男生倒退一步，顯得有些慌張無措，但仍是用他說得一口流利的法文解釋著，「妳認錯人了，我不是，我不是……，啊呀，妳到底聽不聽得懂法文，救命啊……」

後來，男生推開我，對我搖搖手，「我不是、我不是！」

天啊，我到底在幹麼，看著被我嚇壞的他，自己忽然清醒過來，一時之間，隱忍很久的心酸就要崩潰，眼底滾動熱燙燙的淚水背負著忍耐思念的痛苦再也無法負荷，終於潸然跌落。

「對不起，我以爲，我以爲……」

哽咽著，抹掉眼淚，卻抹不去忽湧而上的悲緒，因爲抱歉自己的失態，我用他能懂的語言向他道歉後，轉身就要離開，卻被他叫住。

「等一下。」

「嗯？」

他順著陽光照射的方向走來，模樣俊逸，駐足在我面前，頓時，那高我一大截的身形為我遮去刺眼的光線，我看不清他的表情。

忽地，不知哪兒吹來頑皮的風玩弄我的長髮，搔弄著滿臉淚痕的我，還想努力撥開惱人的髮絲卻被阻止，我抬頭，這一刻他卻拉起自己格子襯衫的衣角，溫柔地將我的淚水拭去，在我還來不及閃躲之前。

那雙淡褐色的眼裡盡是包容與關懷，他伸出暖暖的手掌，將我攬進厚實胸膛，撲通、撲通，數著他強而穩定的心跳，感到前所未有的平靜。

低頭，我嗅到草叢與泥土的芬芳，是屬於這個夏天的清新香氣；耳畔，聽見遠處的蟲鳴鳥叫，也是專屬這個季節的自然樂聲，前一分鐘自己還是悲傷的，怎麼，就能在這一秒鐘立刻痊癒。

我是怎麼了，竟然對一個在森林裡冒出的奇怪男生投懷送抱……

我是怎麼了，為什麼心情總是陰晴不定，說哭就哭……

說不定，這個人是壞人。

說不定，這個人是色狼。

說不定，這個人是人口販子。

說不定，這個人是……

算了，管他是什麼，我閉上眼，決定就這樣靠在他懷裡棲息，就算是短暫的安寧也好。

然而，下一刻，卻因他的貿然開口，震撼著思緒狂悲狂喜，心跳隨之大聲跳動。

「不要哭。」

在沉靜片刻後，他用有些走音的中文如是說。

29

午後，柔和的陽光為嫩綠山林漆上淡淡金黃，渲染層層釉亮色澤，也灑在原本靜止宛如明鏡的湖水上，倒映閃閃瀲灩的波光。

這裡，是靜謐的，所以當他俯在我的耳邊私語，聲音顯得那麼清晰。

「不要哭。」

眼前這個不知來自何方的男生，卻對我說著自己最、最熟悉不過的語言。

我聽錯了嗎？又驚又喜的自己忍不住欲灑的淚，嘴邊漾起了然微笑，準備敞開心房，迎接他善意的安撫。

「妳很奇怪耶，一下哭，一下笑的。」

他沒輒，還是抓了自己襯衫的衣角幫我擦眼淚，怪聲怪調地又冒出一句不標準的中文，惹得我終於笑開。

原來，他叫亦恩，中文全名，陳亦恩，住在小香普蘭街鄰近的住宅區裡，年紀雖然大我兩歲又三個月，但那過分燦爛的笑容會讓人誤以爲他只和我一般大。

其實亦恩是混血兒，爸爸是法國人，媽媽是台灣人，從小就離開台灣定居魁北克，所以講得一口流利的法語與英語。

每當我問起，怎麼媽媽明明是台灣人，中文卻反而不靈光，只見他總岔開話題，直到好久以後，我才知道，原來，他的父母早已離異各奔西東，他那個自認浪漫風流的法國爸爸早已換過第二任、第三任、第四任不同國籍的妻子另組家庭，而親生的台灣媽媽，也改嫁澳洲，很久沒再見面。

「所以，當時妳抓著我的手用中文人吼，我還眞的是嚇了一跳咧。」

亦恩搔搔頭，樣子很是可愛，他說話總是這樣中氣十足，充滿活力，跟他在一起，感覺輕鬆又開心，而且，還有種莫名的親切感，好像，很久很久以前就已經認識這個人似的。

「不過，妳也眞是的，還用頭髮甩我，很痛耶。」

雖然講的是法文，不過，那邊講邊擠眉弄眼的搞笑神情怎麼有種似曾相識的感覺，好像以前，誰也是這麼逗趣……

想不起來了，我搖搖頭，懶得再回想。

亦恩在了解我喪失至親的身世之後，就更是時常陪我說笑或是帶我到處走走、陪我畫畫。

常常，不必多說他便曉得我心裡的愁緒為何而來，也許因為我們都是一樣，一樣不能再依賴雙親，必須學著成熟獨立，唯一不同的卻是，我還是一不小心便將自己的悲傷傾洩而出，而亦恩，卻會把不好的情緒藏在心底，永遠都表現得這麼沉穩，臉上永遠掛著一貫的燦爛笑容。

「因為我是『太陽男孩』呀。」

「是陽光男孩吧。」我笑著糾正。

雖然每每嚷著要教亦恩中文，不過老愛耍賴的他始終沒有太大的進步，我們總是法文中硬是穿插著幾句中文的交談，雖然引起不少路人側目，但我就是喜歡這樣，亦恩，成了我來到魁北克兩年多的第一個好朋友。

「不是一樣嗎？」他吊兒啷噹的模樣還頗有幾分法國男人的調調，就像電影裡演的那樣，壞壞痞痞的，卻仍有點孩子氣的可愛。

「哪有，」我還費心解釋，盼望這個不成材的學生能夠了解，「就像三明治和漢堡，你說，一樣嗎？」

我舉起早上為了要和亦恩來這綠湖畔特地早起和姑姑一起準備的三明治，卻被他理所當然地接收，毫不客氣地塞到嘴裡。

「對呀，都可以吃，而且，小君親手做的最好吃。」

他怪聲怪調地學著姑姑叫我的名字，有點走音，也有些親暱，因為除了姑姑，就沒有人會喊我的中文名字了。

「眞是『朽木不可雕也』！」我睨了他一眼，對於他的阿諛奉承眞是又好氣又好笑。

「我怎麼有點被罵的感覺啊。」他的嘴角揚起輕鬆的角度，感覺十分好看。

「這句你倒是聽懂了呀，」我也笑了，「朽木不可雕也，糞土之牆不可圬也，於予與何誅？」

「木木土土於於豬？」這下，亦恩的眉頭全皺在一起，像是深宮怨婦那般哀怨，「我聽不懂，妳在說什麼？」

「沒有啦，」細心地幫他擦掉沾在嘴角的麵包屑，決定放棄三明治與漢堡這個舉例，「那你認為，愛和喜歡一不一樣？」

忽地風吹著雲飄，原本耀眼的陽光一下就被遮住，而我卻遲鈍地沒有察覺亦恩不尋常的沉默。

「當然不一樣了。」他的表情忽然變得認眞，我難得看見這樣的亦恩。

他的眼睛一直都是帶笑的，精神飽滿，好像總是聚集著永遠都揮霍不盡的能量，可是當我提及這個問題，他卻不自覺地眉頭深鎖，嘴邊那抹自在的微笑也隨之淡然。

是誰讓你有著這麼悲傷的眼神？當然，我沒敢問出口，只是不知怎麼的，心，跟著亦恩的眉頭顰蹙而縮緊再縮緊，漸漸急促的呼吸之間隱隱感到莫名惆悵。

「從以前到現在，我只對一個女孩說過我愛妳，然而，這句話還是沒能留得住她，雪兒走了，離開我了，可是一直到現在，我還是記得她的樣子，很清楚、很清楚。」

「亦恩……」

我不知道該怎麼拯救感傷的亦恩，從來，都是他安慰我的，所以我有些慌張、有些手足無措，只能安安靜靜聽他訴說，小心翼翼不打斷他的故事，這段，他從未主動向我提起的過往。

「我還記得很清楚，記得一清二楚她那美麗的長髮在太陽底下隨風飛舞發出閃閃的亮光，記得她那纖細的手指輕撫我臉龐的觸感，記得她那蒼白的雙頰因為我說愛她終於泛起的甜蜜顏色，然而，她離開的那天卻是這麼突然，甚至，連最後一面都沒見到，她就這樣走了。

「有時候，我覺得她眞的好狠心，丟我一個孤伶伶地活著，有時候，我也會告訴自己她還在，就在我身邊，只是……」

亦恩語氣平淡，未完的隻字片語化作無限思念，視線落在很遠的遠方，好像，好像雪兒就佇立在那裡，靜謐地看著我們一樣，而我，因為他的故事感動落淚，想起親愛的爹地媽咪，昂首仰望浩大蒼穹，我掛念的家人也在那裡。

眞是抱歉，我不知道怎麼會這樣扯開你心底的傷口，我本來只是很單純地試著說明，只是很單純想讓你知道太陽和陽光眞的不一樣的，亦恩，對不起。

「直到遇見了妳，」倏地，他將視線迅速抽回，扭頭幾乎撲上我的臉，雙手牢牢握著我的肩膀，讓我無法拉開兩人之間的距離，更讓我無法維持正常的心跳頻率，「我彷彿又活了過來，小君，從我第一眼看到妳，我就知道是老天眷顧我，所以要妳來陪我的。」

「那個，亦恩……」

我嚇得掉了原本捏在手上的三明治，他大膽熱烈地向前，我卻畏怯害怕地往後退。

「亦恩，你冷靜呀，我很遺憾那女生紅顏薄命，很遺憾你們的戀情，可是我不是她呀，我不是、我不是……，哎呀，亦恩你到底聽不聽得懂國語？那個法文要怎麼講啦，救命……」

這一幕，怎麼這麼熟悉啊，一樣的綠湖畔、一樣的對白、一樣的亦恩與我，不就如同我第一次遇見亦恩的那個情景嗎？

瞥見亦恩終於頑皮地笑了開來，我才驀然察覺自己上他的當了。

「妳眞的很好騙耶。」已經笑到不行的亦恩，邊笑邊大力拍著我的肩膀。

「很好笑啊？」我沒好氣地問。

「對呀，妳是我見過最單純的女生了。」他一直笑，笑到被自己的口水嗆到，邊咳，還是邊笑。

「眞的有這麼好笑嗎？」些微發抖的聲音又問了一次，虧我還這麼認眞地傾聽，還因此掉了眼淚。

「哈哈哈，太好笑啦，我停不下來……」

30

「陳亦恩，如果不和你斷交我就不叫沈君簡。」

坐在窗前畫畫，我怨懟地瞪著自己已經上錯的顏色而不自覺，樓下還一直傳來那傢伙站在我房間外面的空地學貓叫、學狗叫，惹得我心煩意亂的，但我就是故意假裝沒聽到，哼，誰叫你要尋我開心。

只是，那天亦恩取笑我的樣子，誇張地說著我是他見過最單純的女生的樣子，不知怎麼，一直覺得熟悉，好像，很久很久以前也有個男生這樣開我玩笑，很久很久以前，有一個很頑皮的男生總是喜歡捉弄我，又總是喜歡逗我笑。

「妳是我見過最單純的女生了。」

「從前從前，有一個叫做小菜的人，有天，他在路上走著走著就被端走了，哈哈。」

「喜歡一個人，不就是這樣嗎？」

「我就是喜歡沈君簡，我就是喜歡她，比妳對我的喜歡還要喜歡。」

是誰，到底是誰對我說過這些話，那麼中氣十足的聲音……

偏著頭，卻還是沒有頭緒，沒有辦法將腦海模糊一團的影像調整清楚，回神，忽地驚呼一聲，才遲鈍發現自己將寫生花朵漆上了綠葉的顏色。

我有些懊惱，這是第三天了，亦恩還不死心地站在門前學貓叫，真不知道該誇他有毅力，還是該氣他的死纏濫打。

「小君小君最美麗，小君小君別生氣，小君小君在哪裡，小君小君……」

樓下忽然傳來亦恩朗誦般的中文。

中文？天呀，這個亦恩！要是給素來管教嚴格的姑姑聽見就糟了！我這才扔下畫筆，跑下樓，以跑百米的速度衝到亦恩面前。

「嗨，好久不見！」他笑得開朗而燦爛，我卻要非常努力地忍著，忍住想扁他的衝動，「我就知道這招一定有用。」

「幹麼啦！我警告你喔，現在我已經不會相信那些話了，誰叫你是放羊的孩子！」

「如果我說，那女孩是眞的存在過呢……」

最後，我還是坐上了他的車，沿途，瀏覽著窗外一幕幕快速轉換的風景，心上卻仍掛念剛剛亦恩的話，那麼，他是眞的曾經愛過那個早逝的女孩了？

我想問又不敢問，慫著一股出自關心的好奇，硬生生卡在喉嚨中間，吐不出來也嚥不下去，只由他帶我來到綠湖畔，等著解答。

他格外沉默，低垂的眼有著難以言喻的複雜情緒以及嚴肅，領我到這小木屋的門前，再從口袋掏出一把老舊樣式的鑰匙，深呼吸，像是要鼓足莫大勇氣才能面對過去似的。

「這是……」

我有些意外，因爲自己從來就不知道這湖畔木屋的主人原來會是亦恩，而他那看來總是爽朗的笑容背後到底還隱藏著哪些祕密，我眞的無法猜測。

「準備好了嗎？」

他輕聲問，側臉的線條顯得傷感。

「準備好認識她了嗎？」

他偏過頭，與我四目相交，而我看到的，果然是雙寫滿悲緒的深邃眼眸。

「我……」

門，卻在我還沒來得及開口之際開啓，因爲年久失修的關係，還拖曳著沉甸甸的嘆息，一束陽光，無禮地照亮這間原本塵封不動的小屋，反射出整個房間的回憶是多麼傷人，就像我，這麼貿然地闖入亦恩心中的祕密基地一樣。

屋內蒙上一層灰，擺設十分簡單，而，吸引我目光的卻是桌上一朵枯萎的玫瑰花靜靜躺在直立式的相框前，彷彿訴說著陳年的甜蜜故事，那照片中的，是個氣質清新可人的女孩。

「很久沒進來了……」他站在門邊，始終沒有踏進一步，見我瞅著那女孩的照片發怔，他苦苦地笑著解釋，「她叫雪兒，我們以前常來這裡的。」

我一直以爲，總是自詡陽光男孩的亦恩不管怎麼笑都是很好看的，可是這個笑容，苦苦的、澀澀的，連我瞧見，心都不自覺地酸了。

「雪兒很可愛吧？她是當年的校花呢，就是身體太差了，最後竟然一個小小的感冒也能奪走她的生命。」

他看著她的眼神出奇溫柔，就算不開口，我還是能感受到他眞摯的感情，那麼濃厚，在這一刻，我發現自己是多餘的，而且，多餘得有些礙眼。

「那一天，她爲了等我比賽結束，淋了雨，這個傻瓜，明明知道自己身體不好，還執意要等我球賽結束，我贏了，贏了那場高中聯賽，卻輸了我最心愛的女孩，徹徹底底地輸掉了……」

他踏進屋內，腳步沉重，來到女孩照片跟前，平淡的語氣逐漸轉爲哽咽。

「可惡的我，當她被送進急診室我卻還在慶功宴上狂飲，她說，她一定要成爲第一個對我說『恭喜，你眞的好棒！』的人，可是，怎麼最後我什麼也等不到了。」

「亦恩，不是你的錯。」

那無可抑制的悲傷從亦恩的眼角縱流而下，他將頭靠在我肩上，用粗啞的聲音道，「不要安慰我，不要看我，這樣我會覺得自己更可憎，更沒有資格在這裡流眼淚。」

就這樣，我默默承受著他的巨大哀傷，低喊著雪兒的名字，不知怎的，肩上擔著亦恩的重量，心，也跟著好沉好痛，彷彿再也無法痊癒。

自從那次，我開始覺得自己病了，胸腔總是悶悶地叫人幾乎要窒息，心臟忽快忽慢地跳動，情緒也是忽悲忽喜地大起大落。

後來隨著開學，亦恩少有時間來找我。大學生活總是忙碌，而我卻在家裡閒得發慌，沒有亦恩的日子，我突然覺得做什麼都索然無味。

自己常常在偌大的房間裡繞來繞去，想起初見亦恩有趣的情景，傻笑；也想起那日亦恩悲傷的樣子，發愁，最後停在梳妝台的明鏡前，手輕輕撫著那日他將頭垂在肩上的地方，重量已經不復存在，卻無形地落在我心上。

起身，走到窗邊，望見外面的風景依舊美好，然後興起個念頭，我想見他。

是的，我想見亦恩，很想很想。

31

原來，思念一個人可以讓腳步變得輕盈，每踏出一步都像是滑翔，我來到亦恩就讀的大學，然而，站在校門口前，才遲鈍想起自己根本不知道他所就讀的系所。

這裡，來來往往的幾乎都是金髮碧眼的年輕男女，手上抱著厚厚的原文書，很有氣質的模樣，而我，一頭烏黑長髮黃皮膚地淹沒在人群中，乍看之下還是顯得有些格格不入。

「亦恩，你在哪裡……」

走著走著，我有些畏怯迎面而來的異樣眼光，甚至有男孩對我玩笑似的吹起口哨，心中只能不斷祈禱趕快找到亦恩。

「哈，Ian，你輸了……」

「哪有呀，不公平啦！」

「才沒有呢，呵呵！」

遠處，我聽見不知道哪裡傳來熟悉的名字以及嘻笑聲，回頭尋找，卻發現亦恩和一群人，有男有女，在斜坡的草地上野餐，就像是電影裡演的那樣。

「不管，不管，還是要罰！」

「懲罰、懲罰、懲罰、懲罰！」

一旁的人鼓譟起鬨著，我實在很好奇他們到底在玩什麼。

走近，卻看見亦恩和同樣是個華人的漂亮女孩共吃一塊小小的三明治，一人一邊，直到啃完麵包部分，女孩作弊似的火熱吻上亦恩的嘴。

「哦！」

大夥興奮地拍手歡呼，我卻再也聽不到那些吵雜的聲音，怔怔地選擇默默離開，落寞的淚水在眼眶打轉，模糊了我的視線，然而腦海裡女孩與亦恩接吻的情景卻是這麼清晰。

當下，我轉身跑開，慌忙之中撞到幾個迎面走來的男生，惹得他們不滿，嚷嚷著叫人頭痛的法文。

「對不起、對不起……」我狼狽地躬身道歉，卻引起遊戲中男女的注意。

「小君？」遠遠的，背後終於傳來亦恩不確定的聲音，「是妳嗎？小君？」

「誰呀？你朋友嗎？」

見我站在原地遲遲沒有回頭，隔著一段距離，那人聲鼎沸，最後聽見他漫不在乎的回答。

「喔，看錯了。」

淚，再也強忍不住，難以抑止地狂流而下，心，像有什麼東西在扎，很刺、很痛、很難受。

亦恩，是我呀。

電影不都這麼演的嗎，男孩急急忙忙地追了過來，然後驚喜地發現原來是自己朝思暮想的女孩，兩人相擁喜極而泣……

是我自己想太多了嗎，亦恩，你根本不會在乎我的。

心痛痛的，一陣一陣，我喜歡亦恩，從嘉年華會上苦苦追尋他的背影開始，我喜歡亦恩，喜歡亦恩在湖邊溫柔幫我拭淚的樣子、喜歡亦恩嘻嘻哈哈地陪我說笑的樣子，喜歡亦恩皺著眉說中文好難的樣子、喜歡亦恩在我家樓下學貓叫學狗叫的可愛樣子……

天啊，我喜歡亦恩，是超過對朋友的喜歡！

我喜歡亦恩，眞的很喜歡、很喜歡。

然而，我卻賭氣了。

之後亦恩來過姑姑家樓下幾次，總是等在門前徘徊半天才垂頭喪氣地離去，有時候學貓叫、有時候是學狗吠地想引起我的注意，而我，則是拉起了窗簾假裝不在家。

其實我根本不知道自己到底在跟誰生氣，或許是亦恩，或許是那女孩，也或許是跟自己嘔氣。

我開始恢復足不出戶沒有朋友的生活，姑姑也開始神經兮兮地質問我到底怎麼了，我說不出來，只是擺著一張比哭更難看的笑臉，成天安安靜靜地坐在自己的小畫室裡。

姑姑又是過多的擔憂，老是拐我出門幫她跑腿買東西，我知道，她是想我多出來外頭透透氣，姑姑是爲我好，我知道，一直都知道，只是，這個時候我眞的很不想再踏出家門，很不想再有任何與亦恩見面的機會，即使機率微乎其微，渺小得可以。

「奶油、美乃滋、黑胡椒醬……」

但，還是一大早被姑姑趕出了家門，我拿著她丟給我的購物清單上卻只看見了這三項無關緊要的東西。

「這個非常重要，快去幫我買回來喔！」姑姑嚴肅叮嚀的表情眞的讓我又好氣又好笑。

奶油，美乃滋，黑胡椒醬……

很重要？

心不甘情不願地走到巷口，發現從天而降點點白雪，很是可愛，下雪了，我滿心歡喜地伸出雙手接捧，心情總算好些。

這是來到魁北克的第三年了，想想，時間還過得眞快，不知道怎地，我忽然有點感傷，發現自己很久沒有想起過去在台灣的一切，我曾經很要好的朋友紫萸，曾經美麗得叫人妒忌的如閑，曾經讓我心痛不已的楊明軒，對了，曾經還有個總是愛捉弄我的男生，叫什麼名字呢？一時之間，我竟然想不起來了。

他們，應該也都忘記我了吧？

曾經，還都這麼要好過的，但在多年之後還有誰會眞心掛念那昔日情懷呢？我不知道，我只知道，再這樣繼續躲避亦恩，他也會像台灣那些朋友一樣地漸漸將我遺忘……

腦海又不由自主地重播他和女孩接吻的火熱畫面，我不想再想，但是那情景卻一而再、再而三地浮現。

「唉……，爲什麼我總是看見自己喜歡的人和別的女生接吻呢？」

終於，我哀怨地吐出心中的委屈，開始自言自語起來。

「爲什麼呀……」

「是呀，爲什麼啊？我也很好奇耶！」忽地，亦恩熟悉的臉龐映入眼簾，嚇得我差點沒尖叫，「妳有喜歡的人了？妳看到誰和別的女生接吻呀？」

還不就是你！穩住心跳，我恨恨地瞪了他一眼，沒有打算理他，繼續自顧自的前進，他卻也就這樣跟了過來，乖乖地跟在我後頭。

「妳最近怎麼都不理我啊？」

「我忙。」

「很忙嗎？」

「對。」

「妳不用上課，在忙什麼呀？」

「我忙著畫畫、忙著做家事、掃地、擦地板、整理房間……」

「喔，沒想到妳這麼愛乾淨啊。」

「喂！」這個亦恩是眞的遲鈍還是故意和我作對？難道他看不出來我在生氣嗎，「你到底要跟我跟到什麼時候啊？」我乾脆停下腳步，轉頭怒氣沖沖地質問他。

「我只是，」他也安靜下來，低垂的眼有說不出的無辜，「我只是，想知道妳最近過得好不好而已，因爲前陣子學校比較忙……」

忙著和同學朋友遊戲接吻嗎？

「我常常會到妳家樓下學小貓小狗叫，就是希望可以看妳一眼，看妳在不在家，或許我們可以再一起去綠湖畔……」

「對不起，我沒有興趣，你找你的同學朋友們一起去吧。」我淡淡地說出違背心意的話，旋身返回，不想再去買沒用的奶油和美乃滋。

「小君，」亦恩及時拉住我的手臂，緊緊地不肯放開，「是不是我做錯什麼了？還是有什麼惹妳生氣的地方？」

看著他，這張我最喜歡的臉龐，語氣卻還是淡然甚至發酸，「沒有，你很好，很完美，」掙脫掉他的手，「還有，多吃點三明治吧。」

我就這樣丟下亦恩自己走掉，這一回他沒再叫住我，只是，每走一步，心就會陣痛一次，全憑自己任性的淚水狂流滿面。

我討厭三明治，很討厭、很討厭！

32

今年初雪落得早，溫度驟降讓已經在此居住一段時間的我還是有些難以招架。

自己常靜靜坐在窗邊凝望外面被白雪覆蓋的街景，看著隔壁人家辛勤剷雪，也看著附近的孩童相互邀約打雪仗，這裡的冬季實在冷得不像話，冷得彷彿夏季從未來訪，幾乎讓我要忘了自己和亦恩就是在那綠意盎然的季節邂逅。

上次我說了任性的話，遲鈍的亦恩也不知道到底聽懂了沒，或許沒有，仍摸不著頭緒，覺得我是個無理取鬧的女孩，而我也自顧自地生悶氣，繼續覺得他是個很爛的男生。

「不是這樣的……」我喃喃自語。

亦恩是個很棒的男生，我可以毫不猶豫說出一百個他的優點，然而這一百個優點卻敵不過單單一個與女生接吻的畫面。

我想我真的很小心眼又任性，想著想著，只能責怪自己的不是，最後頹然地拉上窗簾，不想再看外面的風景。

然而，嚴冬就在我還坐在窗邊顧影自憐之際過境，在這期間，除了冷冽的北風咆哮，樓下出奇平靜，不再傳出奇怪的貓叫狗吠。

隨著盛會嘉年華落幕，初春悄然降臨大地，我卻無法振作，欣然迎接自己最愛的季節，積雪融化漸漸還原這城市的面貌，在一個午後，煦陽斜斜地照進房間，我才驚覺春天真的來了。

循著空氣中的那股清新氣味，來到了很久沒見的綠湖畔，堆積整個冬季的冰雪尚未褪去，像是我的思念……

總是惦記著亦恩的思念。

雖然沒說出口，可其實自己還是相當在意的，我還是很想聽到從樓下傳來奇怪的貓叫聲，很想聽到有個很欠扁的聲音叨唸走音的中文。

亦恩，我好想你。

站在那湖畔的小屋門前，低著頭，壓抑良久的情感頓時化作淚水，順勢流下。

「為什麼哭？」

亦恩的聲音毫無預警地從背後傳出，狠狠揪痛我的心，為什麼，他總是無聲無息地出現在身邊，而我卻遲遲沒有察覺。

「為什麼站在這裡哭？」

他把我轉向他，我卻不敢抬頭看他的臉，深怕只要稍稍瞄到那思念很久的輪廓，自己脆弱的眼淚就要潰堤。

「不關你的事，」我試著掙脫他握住我肩膀的雙手，卻弄痛了自己，「放開我，我要回家。」

「妳不是才剛來嗎？」他扳著我的臉看他，我肯定自己瞧見了亦恩好任性的樣子，比我還要任性，而且霸道。

「妳還要這樣生悶氣生多久？難道都不想聽我解釋嗎？」

還有生氣。

「為什麼我要聽你說？你愛和誰親吻，那是你的自由！」

我也不甘示弱地回嘴，今天的亦恩很凶，到底是誰在生氣？我看是他吧。

「喔，是嗎？」他湊近我的臉，有點賭氣地吻了我。

他的吻就這樣落下，在我還來不及反應時。瞬間，世界停了，我睜著眼，只看見亦恩緊閉的眼以及微微顫動的睫毛，心，狂跳無法平息。

我喜歡你，亦恩，我喜歡你，很喜歡你，這一刻，我幾乎就要這樣脫口而出。

他的手攬著我，吻是甜的，但流下的眼淚卻是鹹澀不已。

「放開我！」推開他，我用手背抹掉他吻過的地方，淚，一滴一滴灑落，狠狠澆痛了我驕傲的自尊心，「我不是你的玩具。」

「是妳說我愛親誰是我的自由的。」

這是我的初吻，亦恩，你卻……

我傷心欲絕地瞅著他，然後只能選擇跑開，如果你是個遊戲人間的男孩，請千萬不要把我當作你的玩伴，因為，我是真的喜歡你。

哽咽著，心底的告白無法說出，卻先聽到了亦恩從背後喊話，「妳看到的都是一場誤會，我和那女孩只是打賭輸了才被處罰吃一塊三明治，我跟她，真的不是妳想的那樣，在大學裡這是很稀鬆平常的遊戲！」

「是，」停下腳步，我的聲音在發抖，「稀鬆平常，但那也不關我的事，不是嗎？亦恩？」

看著他，看著那張帥氣的臉龐，忽然發現自己和他其實是兩個不同世界的人，亦恩擁有的是多采多姿的大學生涯，有同學、有老師、還有課業，而我，我卻一直活在自己晦暗孤獨的角落，自艾自憐。這是多麼殘忍的事實，而我竟然到了現在才發覺。

「怎麼不關妳的事？」他的聲音越來越靠近，卻逼得我不得不跑開，「我從看見妳的第一眼就愛上妳了！」

我停住，驀然憶起亦恩曾經說過他只對一個女孩說過「愛」。

「這樣，還不關妳的事嗎？為了一個三明治，為了一個吻，妳還要懲罰我多久？因為妳的不理不睬，我的心被折磨得多慘妳知道嗎？我每天吃不好、睡不好，斷斷續續的夢裡都是妳。」

笑了，我笑了出來，彎彎的眼角溢滿淚水，這麼肉麻的話，沒想到亦恩竟然說得出口。

「亦恩，你的甜言蜜語說得眞好，不愧擁有法國血統，擁有你們法國人天生的浪漫基因。」

「沈、君、簡！」

他大聲呼喊我的中文名字，這是他第一次這樣連名帶姓地喊我名字。

「沈君簡！我愛妳！」

一連風從遠方吹來，吹亂了我的長髮飄散，也吹進了我的心坎好酸，這是多麼甜美的告白呀，我也是，亦恩，我也是喜歡你的，只是……

我沒有回頭看他。

「沈君簡！沈君簡！沈君簡！」

忍著淚，我轉身回去卻望見亦恩站在尙未融化的結冰湖面上，奮力地向我招手喊著我的名字。

「你瘋了！回來啦！如果掉下去湖底你會凍死的。」

「我不要，我要證明自己對妳的愛。」

亦恩眞的很任性，比我還要任性千萬倍。

「你不要命了，回來啦。」

我跑向前，想都沒想地也踏上了薄冰覆蓋的湖面，又冷又滑。

「我愛沈君簡！耶！我愛沈君簡！我、愛、沈、君、簡！」

亦恩圈著手狂喊，一聲聲回音迴盪在幽幽山谷之間，像是要向全世界昭告似的霸氣。

「不要這樣、不要這樣……」我哭著抱他，想要把他拉回陸上。

「我愛妳，小君！」

「亦恩，」捧著他的臉，發現他的眼睛溼溼的，「亦恩，我也是，我也……」

浪漫的情節尚未落幕卻先上演一齣驚魂記，耳邊忽然傳來底下冰塊崩裂的聲音，然後「咚」地一聲，亦恩和我雙雙跌入據說是零下幾度的湖水裡。

我也……

喜歡你，這是我想要親口對你說的。

33

這一次，我病得很重，差點沒被凍死。

當我再次睜開眼睛，看到的還是熟悉的場景，一堆人圍繞在我的病床邊竊竊私語，兩個小表弟扯著我的床單喊姊姊，最誇張的還是姑姑，又是激動地把我抱緊，直呼謝天謝地感謝神。

這是我第幾次這樣被送進來了？同一位醫生看著我皺眉，彷彿我是個不怕死的麻煩人物。

亦恩呢？亦恩還好嗎？他也和我一起跌落湖裡。

提起亦恩，姑姑更是激動，她說亦恩簡直有病，後來我才知道他比我早一天出院，目前在家休養。

沒事就好，我在心中暗暗鬆了一口氣。

然而，姑姑又恢復了昔日的神經兮兮，把我關在房內，不再鼓勵我多走出戶外，也不肯我和亦恩來往。

「如果妳唯一的朋友會把人推入湖裡，那我寧願妳不交這個朋友。」

「可是亦恩是我在魁北克唯一的朋友！」

「我說過了那是場意外！」

有時候，我不喜歡姑姑的固執，不敢苟同。

「我說，那不是一場意外，小君，相信我，姑姑只會爲妳好。」

她又將我的房門反鎖，留我一個人在房裡哭鬧，我討厭這樣的姑姑，討厭她又要把我當犯人似的軟禁。

「爲我好？妳什麼都不了解，怎麼爲我好？我不是犯人！放我走！我要回台灣，我要我的爹地媽咪……」

我不知道，自己無心的話深深刺傷姑姑，看不見門外的她老淚縱橫，哭殘了的彩粧底下有著歲月的痕跡、也有我任性的傑作。

我開始賭氣不吃飯，每天空等亦恩，卻遲遲沒有發覺，姑姑隨著我的絕食抗議，也跟著消瘦。

「小君，」某天午後，姑姑小心翼翼捧著一碗好香好香的湯麵，走進房裡，陽光照在她略顯枯黃的臉，我才驚覺自己的叛逆，「妳餓了很多天沒有正常飲食，姑姑特地去買了麵條……」

她小心地將熱騰騰的湯麵端到我面前，我哭了，想起媽咪罹難的前一晚也是爲我悉心下廚煮麵，那麼熟悉的香味，那麼熟悉的關心，頓時感動得無可言喻，只能任它在心上發燙沸騰，這一次，我不能再裝酷了。

「對不起，我錯了，姑姑，對不起，讓妳擔心了，我眞的很抱歉。」

抱住姑姑，抱緊她瘦了的頸項與腰間，我不想再後悔，犯下當年對媽咪一樣的錯。

後來，我沒有再見到亦恩，聽說他大學就要畢業了很忙，也聽說他正準備考研究所。而我也沒有繼續消沉，在姑姑的遊說之下終於點頭，答應重返校園進入語言學校就讀，開始了住宿的生活。

我開始認眞接受異國的語言與文化，開始認眞學習去適應陌生的環境，也開始認眞地認識並接納新朋友。

有時候，會在趕報告的深夜接到姑姑關切的電話，幾句問候，總可以輕易消除我的疲累，有時候，則是自己縮在厚厚的被窩裡想起姑姑一家人，淚眼汪汪，至於亦恩，自己則是將他埋藏心底，希望未來某天他會看到我的努力。

但願有一天……

然而，一年又在與繁重課業的交戰中過去，隔年春末夏初，學校放了一個月的長假，我搭著車，回到姑姑家就像是回到自己的家，當姑姑和姑丈笑著在門口張開雙臂迎接我，當我發現兩個表弟已經脫離稚氣，帶著青澀的微笑親切招呼，我知道，自己已經成爲了這個家的一份子。

來到魁北克的第四年，因爲講得一口流利法文，總會讓人誤以爲我是當地長大的華僑，對於這樣的錯覺，自己早已見怪不怪，卻在放假期間，我一個人獨自於小香普蘭街遊蕩時連續被幾個熱情的店家稱讚。

「哇，妳的法文講得眞好，我們這裡很少有華人可以講得這麼流利的。」

「是呀，除了隔街那戶的孩子，不過他不算啦，他老爹可是正統的法國人。」

「也對，哎呀，人家都在念研究所了，還算個孩子呀？」

「哈哈……」

兩個店家的老闆在街上聊開，見她們自顧自地聊著哪家的孩子，我也無心關切，自己隨意走開，走馬看花欣賞兩旁街頭畫家的傑作，真心讚嘆每一幅嘔心瀝血的藝術結晶，然後發現自己很久沒有提起畫筆，那些顏料被堆在畫室的角落，幾乎都要不能用了，而此時此刻腦海驀然浮現的美麗風景，正是自己心心念念的綠湖畔。

於是，我帶著久久無法平息的激動情緒，回來了。

這裡，還是那麼地寧靜美好，除了亦恩的木屋不知何時重新刷上一層白色油漆，顯得亮眼，其他都和之前一樣，蓊鬱的樹林，蔚藍的天空，幽靜的山谷以及艷陽底下波光瀲灩的湖水，並沒有什麼太大的變化。

我好奇地走近木屋，發現門沒鎖，於是擅自打開了門拖曳著沉沉的悶哼，一切，像是時光交錯回到一年前，亦恩靠在我肩上流淚的那天，只是，肩上的重量已經不再，我是一個人的。

屋內不凌亂，相反地竟是一塵不染，看得出來主人的用心整理。

我走進，發現裡面已經少了雪兒可人的照片以及那枯萎的玫瑰，牆上，整齊排列的卻是一幅幅我送給亦恩的畫，還有我在畫邊俏皮地寫著：「小小畫作，請別嫌棄。」

從第一幅開始，是我亂畫自己的……

第二幅，是亦恩要求要我重畫的……

第五幅，是和他吵架我在他畫像的頭上惡作劇地偷畫小惡魔角……

怎麼會……

我難以置信地望著自己不成熟的拙作，驚訝地微張著嘴，無法閉合，這些畫，他怎麼都還保存著？都是一些不值錢的東西呀。

「亦恩！」我下意識地環顧四周，以為他就在身邊，卻在工作桌上發現一杯早已冷卻沉澱的咖啡。

亦恩，我想你，想見你。

跑出屋外，我瘋狂地找尋思念已久的蹤影，卻只見鳥兒依舊遨翔，蟲兒仍然高鳴。

「沈君簡！我愛妳！」

「沈君簡！沈君簡！沈君簡！」

「我愛沈君簡！我、愛、沈、君、簡！」

昔日亦恩告白的聲音還在耳邊縈繞，埋藏心底已久的情感終於無法承受那麼多的牽掛，一下子狂湧氾濫成河，流成一條我對亦恩的思念。

「怎麼還是這麼愛哭？」

驀然，一個再熟悉不過的聲音從背後傳來，我的心，頓時牽動泛起巨大的震盪，久久，不能自己。

其實，我並不是眞的這麼愛哭，只是有時候不知怎地，巨大的悲傷就會淹沒自己，最後化作冰涼的液體自眼角流下，那時那刻，當我用力擁抱那個一直住在心上的人，亦恩，卻發現濡溼臉龐的原來是喜極而泣的眼淚。

後來，我過得很好，有亦恩陪伴的日子每天都很幸福，姑姑見我笑得開心，也沒再反對什麼，甚至閒暇之餘，還會自己進廚房準備三明治以及小餐點，趕我和亦恩去綠湖畔野餐，她大概不知道，自從上次之後，我們都已經不吃三明治。

總之，遲到很久的愛情終於在亦恩信誓旦旦地說會好好照顧我，永遠不讓我難過的允諾之下開始，而在那過後我的生日，當體貼的亦恩將禮物塞在我掌心，自己又是紅了眼眶，閃閃淚光，全部都是我的驚喜與感動。

我眞的不是很愛哭，只是當我看見手上接到的竟是兩張飛往台灣的機票，那麼陌生又熟悉的地名惹得我當場落淚，惹得亦恩手忙腳亂地哄我，我眞的不愛哭，眞的。

「小君，」亦恩捧著我的臉，柔聲問道，「妳不喜歡這個禮物嗎？我以爲……」

點點頭，笑得彎彎的眼角盛滿過多無法言喻的感情，歡喜的、感謝的、以及美好的幸福。

「我是太開心了。」哽咽著，又哭又笑的。

「眞是的，怎麼笑也會哭呀。」他抓起自己襯衫的衣角，細心爲我擦拭臉上的淚珠，就像是我們第一次在綠湖畔相遇的情景一樣。

就是喜歡這樣的亦恩，眞的，好喜歡。

而，在接收了那寶貴禮物之後，我小心翼翼地把它放進自己最喜歡的音樂盒裡，在那之後，我常常夢見國中時期的片段，夢見紫萸，也夢見如閑、楊明軒，還夢見邵強。

對了，就是邵強。

怎麼自己前些日子一直想不起他的名字？我笑著敲敲自己不太中用的腦袋。

還記得，進入班級的第一天，邵強很好笑地從座位上跳起來唸了一段很怪的Rap，惹得導師抓狂，更掀起了日後的戰爭。

他老愛捉弄我，記得教室布置那天還把我氣哭，最後講了好幾個冷笑話賠罪，他說了有關小菜的笑話，沒有搏得任何人的笑聲還把場面搞得更冷。

後來，他是怎麼喜歡上我的，至今我還是沒個答案，不過，那眞是好久以前的事了，不知道大家是不是都脫離當時的稚氣與叛逆，變得更加成熟懂事。

我瞞著姑姑，偷偷計畫回到台灣的行程卻謊稱是和亦恩去上海玩，一方面有點內疚，但是另一方面在心底又忍不住期待，期待再見到大家的情景。

出發前晚，我將行李整齊地擺在牆角，環顧自己居住三年的房間，玫瑰色的壁紙、蕾絲緞面的窗簾、雕花的床頭以及梳妝台，站在鏡子前，彷彿還看得見那個初到魁北克總是以淚洗面的自己，現在，終於要飛回牽掛已久的台灣，心中竟然也難掩不捨之情，眞是複雜的感覺。

步出房間，我下樓喝水，望見夜深了姑姑忙碌的身影仍穿梭在書房，像是在尋找什麼重要的東西，昏暗的光線籠罩她身上，雖然柔和，卻也無禮地映照出那斑斑灰髮，忽然發覺，歲月正一點一滴地悄然帶走姑姑的猶存風韻，不知怎地，這個發現令我心有點酸。

「姑姑，」我走進書房，把燈調亮，「這麼晚了還沒睡呀？」

她轉身，不好意思地對我笑笑，鼻梁上突兀的眼鏡讓我一時之間無法適應，姑姑有近視嗎？

或許是察覺了我的訝異，姑姑不自在地推了推眼鏡，「最近總覺得視線花花的，好像眞的老了喔……」

我不喜歡姑姑這樣說，因爲在我心中，她一直都是時髦又美麗的女性。

「才沒有呢，我還記得每次從昏睡中醒來，就有個好漂亮、好漂亮的女人一把抱住我，緊緊勒著我的脖子不放，那濃得要命的香水味還眞嗆鼻，她好誇張地喊著一串我聽不懂的法文，我總是想，天啊，我才剛醒過來，可不要再被勒死或是被嗆昏了咧……」

姑姑被我的話逗笑，露出好看的笑容。

「是這樣嗎？」她拉著我坐下來，我們就窩在高高的書櫃底下說話，「還不知道是哪個任性的小孩，剛來我們家的時候哭個不停，不然就是耍憂鬱，整天關在房間裡足不出戶，妳知道我有多心疼這個孩子嗎？」

姑姑轉向我，眼神溫柔，「她長得漂漂亮亮的，眉頭卻鎖得死緊，老是拒人於千里之外。」

「姑姑……」

握著她的手，我的眼淚有點蠢蠢欲動。

自己當初做過許多讓姑姑和姑丈頭痛的事，哭鬧不休、不吃飯、不說話、甚至是逃家，我不是他們親生的孩子，卻是他們費盡最多心力來照料呵護的，總是默默包容我的任性，從來，都沒有放棄過我……

「對不起，姑姑，對不起，讓妳和姑丈擔心了。」依偎在姑姑肩上，終究眼淚還是沒有忍住，潸潸落下。

「說什麼傻話呢，妳是哥哥的女兒，也是我的女兒呀！」姑姑體貼地爲我拭淚，然後塞給我說是她找了很久的東西，一張舊舊的小紙條。

我打開，看見中文寫成的地址以及電話號碼，驚訝得說不出話來。

「這是？」

「妳外婆家的電話地址，回台灣別忘了順便去看看妳爹地媽咪，知道嗎？」

姑姑細心叮嚀著，只是，她怎麼知道我是要回台灣，而不是我所告訴她的上海。

「姑姑，我……」

然而，她只笑著拍拍我的肩，沒再多說。

很久之後，我才明白那是爲什麼。有時候，就算沒有說出口，姑姑還是懂我心思，不是她厲害，也不是我在無意間透露了什麼，只是，那種心有靈犀總會傳遞訊息，而這種天賦，便是血脈相連的親情。

是的，姑姑不只是姑姑，在我心中，她是世上我最親的家人。

35

上飛機之前，站在公共電話前的我猶豫半晌，最後，還是忍不住打電話回魁北克和親愛的姑姑道別，雖然只是短短幾天旅程，可是不知怎地都還沒離開，我卻開始想念了。

通過話筒，姑姑不忘叮嚀著一些她早就提醒過的，並要我回去了一定記得代她向爹地媽咪問好。

「對了，最重要的就是下飛機先打電話回來報平安，知道嗎？」

「可是……」

可是等到了台灣，怕都是魁北克的深夜了呢，關於時差，我實在沒有概念。

不等我說，姑姑猜到我想的是什麼，仍不忘耳提面命，「一定要打個電話喔，不論多晚我和妳姑丈都守著呢。」

聽見姑姑仍是關心，對於我瞞著她想偷偷回台灣的事沒有絲毫責難，想著想著，巨大的感動混雜著深深的內疚，眼眶發熱，心上的情緒跟著有些混亂。

「姑姑，」我還是哭了，像個任性的孩子，眼淚落個沒完沒了，嚇得一旁的亦恩手忙腳亂的，「對不起，我之前沒有事先告訴妳我其實要台灣。」

「傻孩子，」姑姑輕輕嘆了一口氣，「那裡才是妳的家啊。」

聽到電話那頭傳來嘆息，心酸酸的，想說些什麼好聽的話來安慰，卻頓時語塞。

「好了，記得要吃飯，回台灣晚上記得穿暖點知道嗎，我在妳那白色包包多放了件大衣，飛機上睡覺記得蓋毯子，可不要著涼了……」

「嗯、嗯。」

哽咽著，再也說不出任何話來，姑姑總是怕我餓了或是凍著，壓根忘記台灣不是魁北克，不會下雪。

台灣的九月，午後的太陽還是炙熱的，但風有些涼，雲也是這麼輕輕淡淡，當陽光灑在層層樹葉，還會發出耀眼亮光。

我還記得，小時候爹地媽咪總會大手牽小手地帶我散步，看見那閃閃亮光，媽咪還笑著告訴我說，「小君，妳看，那是白天的星星喔。」

一閃一閃的，全是兒時甜蜜記憶，而此刻此景，身在這個漫天白雪的都市，外面的街道上來來往往都是換上冬裝的人們，我親愛的姑姑，總是用她的方式愛我。

我想我是幸福的，淚溼的臉龐多了滿足的笑靨。

這麼多年，終於要回家了。

循著姑姑給的地址，我和亦恩下了飛機就拎著大包小包地搭車，沿途，亦恩睜大了眼，對於任何事物都感到新鮮有趣，而我自己，卻也因爲很久沒回來，滿心訝異台灣的改變。

外婆家位於南投鹿谷，是座翠峰環繞的淳樸山城，隨處可見種植滿山遍谷的茶葉，空氣中總飄散著一股清香，令人心曠神怡。

聽姑姑說，外婆家在地震後因爲老家的土牆坍塌，所以遷移到附近的新厝。

姑姑很少說起這邊的事，我想是因爲怕我難過，所以自己知道得很少，只聽說當時因爲外婆和舅舅也淪爲房屋半倒的受災戶，實在也無能爲力再分心照顧我，正好姑姑聞訊趕回台灣，於是就順理成章地把我帶去加拿大。

走在街上，亦恩對那種植一排排整齊的茶樹頗爲好奇，直問那是什麼，他睜得圓圓的眼睛很是可愛，而淳樸的鄉民看見很像外國人的亦恩嚷嚷著法文，也紛紛投以好奇眼光。

「那是茶樹，」我耐心解釋，雖然自己也不是很懂，「就像是紅茶一樣，這可是鹿谷的特色唷。」

「鹿谷？」亦恩怪聲怪調學著我說，惹得一旁的婆婆大笑。

「妹妹，他不會講國語嗎？」婆婆問。

我微笑點點頭，連自己也因爲在魁北克居住久，生疏了，「嗯。」

「啊妳們來這玩嗎？」

「不是啦，我們來找人的。」

搖搖頭，我一字一字將紙上的地址唸出來，在說明來意並詢問是否聽過舅舅的名字後，婆婆自告奮勇地說要帶路，發現原來這可愛親切的老人家竟然是外婆的鄰居。

她領著我們來到外婆家，我卻駐足門外，遲遲不敢敲門，心中有股複雜的情緒攪和，五味雜陳，明明牽掛了這麼多年，心心念念著要回來，而真正站在門外了卻又不敢再前進一步，我不懂自己是怎麼了。

直到屋內有人聞聲而來，發現是身體依然硬朗的外婆也看見我。

「外婆！」向前，給外婆一個好大的擁抱，眼淚落得兇，那麼久以來的思念、濃濃鄉愁以及近鄉情怯終於都在這一瞬間釋放。

「小君？」外婆也有些激動，她等不及捧著我的臉，看個仔細，「是小君嗎？」

我們祖孫倆就這樣在門口相擁而泣，久久不能自己，這，卻是我在天搖地動的世紀災難後與外婆的第一次重逢。

用過午餐，舅舅開車帶我們到集集山區探望爹地媽咪長眠的地方，環顧四週，芒草幾乎長過我的身高，這裡荒涼得叫人感傷，一陣風忽然吹得起勁，刺得我的眼發痛，見著爹地媽咪顯舊的墓碑上，那照片中的笑容仍然燦爛，心，好酸好酸。

「爹地、媽咪，」我喊著，膝蓋一落，就這樣跪在墓前，「我終於……」

雖然，早就接受了雙親不在人世的事實，雖然，平時有很多話想要告訴爹地媽咪，可是當我親眼看到那石碑上的名字以及照片，卻還是泣不成聲，怎麼也說不出一句話，這時，才真正了解他們早就已經不在身邊。

亦恩輕拍我的背，另一手則是緊握我的，給予莫大支持與安定感。

「當年大地震帶走附近中寮、集集居民兩百多條人命，當時很混亂、情勢也糟，很抱歉沒給妳父母搶到好位置，最後下葬這邊際的山地，」舅舅蹲在背後抽菸，語氣十分無奈，「都是我這個做舅舅的沒用，沒有辦法好好安排妳爸爸媽媽……」

「舅舅，」我站了起來，反而走去安慰，「無論如何，都要謝謝你安置好爹地媽咪，我相信他們會喜歡這裡的，」望向遠方山腳下，我伸手指給舅舅看，「這裡視線好，又寧靜，一眼望去就是整座集集小鎮和濁水溪，爹地媽咪當年不就是因爲愛上這裡的好山好水才定居下來的嗎？」

「是呀……」

舅舅虛嘆三兩聲，我們三個並肩坐在地上，昂首仰望，誰也沒再說話。

黃昏時分，天空渲染成好看的絢麗顏色，徐徐晚風輕輕撫過芒草起起伏伏像是海浪，吹起一陣夏季清涼，抬頭，望見滿山遍野漫天紛飛的蜻蜓，卻在身邊縈繞，久久不去。

據說，逝去的人們會化作蜻蜓，默默圍繞在自己割捨不下的親人身邊，爹地媽咪，是你們嗎？是你們來看我了嗎？

我很好，請千萬不要爲我掛心。

36

翌日，是個晴朗的好天氣，向舅舅借了車，和亦恩兩個人回到了自己一直牽掛著的故鄉，集集。

沿著記憶中濁水溪旁的那條公路駛去，樹蔭遮天的綠色隧道、令人懷念的鐵路以及空氣中瀰漫那股踏實的青草氣味，我的心被這些曾是生活一部分的場景揪著，很酸、很痛、更有著莫名的巨大悸動。

陽光透過層層樹葉，零零星星地灑在身上，像是迎接親人回家似的，這麼多年，日日夜夜衷心期盼的便是這時這刻。

漫步在長長不見盡頭的綠色隧道，偶爾還有幾片枯葉頑皮地落在頭髮上，讓我有著時光逆流的錯覺，彷彿回到十五歲身穿著國中制服的那年。

十五歲的那年夏天……

我忽然想起很多事，淡淡笑了出來。

曾經，那轟轟烈烈的青春歲月裡每一個片段都是紫萸、如閑、楊明軒、邵強。當時的叛逆、當時的不服氣、當時的任性、當時的義氣、當時我們視爲珍貴的友情。

大家，都還好嗎？

楊明軒與如閑牽著手的背影還在我腦海裡，沒有忘記；紫萸體貼的笑靨更是印在心底，而，邵強……

我來到左邊數來第七棵樟樹跟前，發現上面刻著的名字還清晰可見，這是邵強陪著我翹課，陪著我哭，陪著我刻下的楊明軒的名字。

伸手撫摸那老舊刻痕，對於當時的感情早就釋懷，倒是邵強，我還記得，那時他抱著我，卻被任性的自己甩開，說了些傷人的話。

我總是對他說出殘忍的話語，而邵強始終選擇默默包容。

「現在抱歉，不知道他還接不接受？」我傻傻問，在心裡下定決心再次遇見一定要向他道歉。

我撥撥遮住視線的劉海，下意識地環顧四周，這裡就是集集了，說不定他真的會忽然從背後冒出來，對我大喊：「歡迎回來。」

當然，那只是我的想像，後來循著回憶的路，我們來到人聲鼎沸的鎮上，站在熙熙攘攘的人群裡，我和亦恩牽著手，驚訝地張著嘴闔不起來。

亦恩張望那些被規劃成古早雜貨舖的小店面，眼神發亮，而我，訝異的則是小鎮真的變了，變得好多好多，變得連我都被淹沒其中，像個觀光客似的好奇打量。

這是我生長了十五年的地方嗎？自己忽然有點不敢相信，好像，仍身在夢境似的不真實。

「哇，小君的家鄉可真熱鬧。」亦恩在我耳邊說。

心底，一抹傷楚緩緩地流出，怎麼的，自己期盼好久才回到這裡，可烈日底下，那陽光反射在五花八門的廣告招牌上刺得我的眼睛好痛，只能不知所措地站著，徬徨無助，我沒有歸屬感，更不知道下一個方向該往哪走。

「走！去租單車騎去妳家，」亦恩像個大孩子似的純真，他笑著拉著我的手，要我和他去租單車，「下一站，沈君簡的家。」

他的擅自決定，我只能被動地被他牽著走，下一站，我家。

然而，我卻忘了，這裡，其實早就沒有我的家。

騎著單車，來到早就改建成民宿花園的「我家」，我們只是佇足門外，悄悄探頭，我的眼裡，再也沒有這棟美麗建築的模樣，映在腦海的是貼著白色瓷磚的典雅洋房，前院種滿爹地心愛的花草，玄關掛著媽咪親手做的陶土風鈴，每每徐風吹撫就會發出悅耳清新的聲音，推開那扇雕花的大門，客廳還懸掛著我十一歲那年得獎的畫，以及爹地媽咪和我的全家福照片，那張幸福的寫真，我們都笑得好燦爛……

「小君，去叫爹地準備吃飯了。」

永遠忘不了，媽咪在廚房細心烹煮的背影，我總會停下手邊洗菜的動作，叮叮咚咚地跑到客廳，叫喚還在專心閱讀書報的爹地。

「爹地、爹地，吃飯囉！」

爹地總要我三催四請地才願意放下艱深的學問，微笑看我，幫我把髮上沾到的菜葉摘下，然後那麼和藹溫煦地稱讚，「小君好乖喔，都會幫媽咪的忙。」

永遠忘不了，我們一家三口圍在冒著白煙的熱湯菜餚前，笑著訴說今天發生了哪些好玩的事。大多時候，都是我一個人口沫橫飛地比手畫腳，興奮得忘了吃飯……

太多太多的回憶湧上眼前，民宿的主人發現了外頭的我們，她開啟了門，帶著善意，笑問要不要進來參觀，我想起來這裡已經不是我的家，一時之間，自己紅了眼眶，再也抑止不住狂流的淚水，轉身倉皇逃離，留下亦恩還支支吾吾地用破破的中文和民宿主人抱歉。

「對不起，害妳勾起了傷心的記憶。」稍後，亦恩遞了灌冰涼的飲料，我們坐在路邊樹蔭下的大石頭上小憩。

搖搖頭，心情已經平靜，我依偎亦恩肩上，感到溫暖，慶幸此刻身邊有他陪伴。

我們還去了楊明軒、如閑、紫萸，和邵強的家看看，發現除了邵強家的傳統雜貨店已經改建成便利商店，其他人的住家都沒有太大的改變這才放心，代表著大家歷經地震後都還平安。

接近午餐的時間，亦恩嚷嚷著肚子餓，我們從以前我就讀的國中校門前騎過，迎面而來的是許多身穿和我當年相同校服的學弟妹，他們成群地走在街上，笑著、鬧著、抱怨著，像極了當年的我們。

然而，當時再怎麼承受升學壓力的煎熬、再怎麼不滿學校老師的對待、再怎麼興風作浪地搞怪叛逆，那些曾經快樂的、痛苦的、瘋狂的、難耐的，如今都已雲淡風輕，留在心底的，只剩一抹過來人的了然微笑。

擦身之間，我還聽見他們討論著老師的不是，聽見幾個熟悉的名字，那些曾經叫人恨得牙癢癢的姓名，而今，我卻怎麼也想不起來那些老師們的樣子。

只是，忽然好想念、好想念楊明軒他們。

「哎唷，肚子眞的好餓喔！」

亦恩的抱怨從後面的單車傳來，我回頭，看見他有氣無力地踩著踏板，笑了，於是把楊明軒先收回心底，帶著亦恩來到附近，捨棄那些外觀美輪美奐的咖啡屋茶坊，走進一間看起來溫馨簡單的餐館，讓亦恩嚐嚐台灣道地的飲食。

「兩位要點什麼？」

張望著牆上貼的菜單，我沒有轉身應答，耳邊卻傳來好熟悉的聲音，那是……

「如閑！」

回頭，我望見那聲音的主人，現在卻已大腹便便，如閑，依舊美麗的笑靨中有著說不出的訝異，也望著我。

37

我們就這樣在如閑婆家經營的餐館坐定，接受她的熱情款待，雖然，我對她的印象還一直停留在那個身穿白制服、深藍色百褶裙的清純模樣。

那時候的如閑，總是好成熟地告訴我很多當時自己並不了解的事，還記得，我們第一次聊到有關男生女生之間敏感的話題，紫萸和我都害羞得尖叫，也還記得，當年在頂樓天台，她是多麼義正辭嚴地教訓我，數落得我沒有話可以反駁。

沒有想到，轉眼之間，我好像錯過了如閑好多事情……

正午，客人們來來往往，如閑卻撇下手邊的工作，抹抹手，在我旁邊扶著大肚子，小心翼翼地坐下，她告訴我，這是她的第二胎了。

那，楊明軒呢？

我眞的很想追問，可是，話卻哽在喉嚨，開不了口。

如閑請店裡的工讀生切了好多小菜，她笑著寒暄，問我這幾年都躲到哪去了，還說好羨慕我，竟然交了一個這麼帥的混血兒男友，也不介紹認識一下，還是講英文的呢。

我搖搖手解釋，說其實亦恩講的是法文。

「是嗎？」如閑手撫著肚子，眼兒低垂，視線也隨之黯淡，不知道是不是我無意中傷害了她，「我和楊明軒國中畢業後就沒有再聯絡了，他到外地念書，我是念了附近的學校，高一和學長交往，懷了孩子，到現在，高職畢業證書都沒領到……」

忽然間，我不知道怎麼安慰，因爲自己一直以爲她會和楊明軒快快樂樂地手牽著手，就像是國中時候那樣，總是十指交扣在一起，甜甜蜜蜜地走在我的前面。

「都是我愛玩，不過也好，至少我還可以立志當個辣媽呀，」她笑笑，眼角有著淡淡惆悵，「楊明軒在台北念書，是很不錯的學校喔，他變得很帥，可是，妳也知道的，他變得好有距離感，再也不是當年的那個他，眞難想像，我們以前竟然也有這麼一段，唉，也許是因爲我一直都待在鄉下，沒有進步吧。君簡，當年的事，妳還在意嗎？」

如閑忽然這麼問，我沒有回答，也不知道怎麼回答，畢竟都是那麼久以前的事了，對於當年的執著，我也早就釋懷，現在，其實根本沒有追究的必要。

不等我的回答，如閑又繼續說了下去，「楊明軒還記得妳喔，還記得好清楚，地震後的幾個禮拜，我們又回去上課，他一直悶悶不樂的，我知道是因爲妳的關係，那時候我還偷偷吃妳的醋呢。後來，我們因爲妳，也因爲很多事情爭執不斷，我不懂，怎麼妳在的時候不構成威脅，眞正不在了，我才意識到原來他一直把妳放在心上……他眞笨，等妳離開了，到畢業的那天才跑來對我說，他發現他喜歡的是妳。妳明明都不在了，他還……」

說著說著，如閑的手指交扭著，洩露她此刻的情緒，我想，其實當她問我在不在意的同時，也是在試問她自己吧？

「當下，我狠狠打了他一巴掌，爲了他，我哭了整整一個暑假……」

「爲什麼告訴我這些？」

我仔細端詳如閑美麗的眼睛，裡面有著傷楚的湖水，微微閃閃。

「笨蛋，妳贏了呀。」

然後，我聽到她哽咽的聲音。

不是這樣的，如閑，我多想告訴她，卻怕更加惹她傷心。

「對了，妳有和紫萸聯絡嗎？她可擔心死妳了，不過我看妳根本不用人擔心，還是當年的溫室小花，被照顧得好好的。」

「我……」

我還是沒有告訴如閑，自己在魁北克是怎麼熬過來的，就像我無法理解如閑這幾年是如何度過。我們，只能隔著歲月的洪流對望，好像對彼此瞭若指掌，其實卻再也不熟悉。

「紫萸在台中念護專，也要畢業了，她呀，我每次要幫她介紹男朋友，她都一直推託，都二十歲了竟然還沒有交過男朋友耶……」

如閑叨叨絮絮講的全是以前的事，楊明軒、紫萸、嚴靜雯、討人厭的國中導師還有可怕的國文老師李莫愁，她最精采的學生回憶就停留在那時，當她還是個亭亭玉立的少女，如閑幾乎沒有提起她未婚懷孕的事，只告訴我後來就是我們看到的這樣了。

「媽媽……」

不知道聊了多久，用餐的客人漸漸少了，餐館空蕩下來，四周也變得安靜，忽然從後面跑來個可愛的小男孩抱著如閑的大腿，猛叫媽媽，我才會意過來，這就是如閑的小孩。

「叫姊姊，」她吃力地把孩子拉到我面前，「不對喔，應該要叫阿姨。」

我笑著問，你叫什麼名字呀？

他怕生地睜著圓溜溜的眼，有著像如閑的漂亮五官，沒有回答又自己跑去旁邊玩。

「這小孩眞的很沒禮貌耶，」如閑氣呼呼地說，然後又轉向我，「對了，還要不要吃什麼？有沒有吃飽啊？」

搖搖頭，呑下最後一口湯，看著滿桌的菜餚已經被亦恩一掃而空，如閑說了好多好多以前的事和以前的人，怎麼，好像獨漏掉了邵強一個。

抿抿嘴，我好奇地問，「對了，如閑，邵強呢？怎麼都沒有聽到妳提起他？」

忽地，她摔下手上的筷子，在寧靜的空間裡，發出清脆的響聲。

午後，如閑送走了亦恩和我，我們繞回邵強家改建的便利商店，佇立外頭，如閑的話語還飄蕩在風中，細細碎碎地傳到我的耳邊，即使，就站在這裡，卻怎麼也還是很難相信她所說的。

她說，地震當時發出了巨大聲響，電線桿和電線碰撞摩擦出可怕的聲音和家具晃動震耳欲聾的響聲，直到現在想起，還是令人不寒而慄……

「那個時候，大家都匆匆逃了出來，天空很暗很暗，沒有一點光，我看見遠遠的山頭有著很大的火光，以爲是什麼爆炸了，也以爲是世界末日了，救護巡邏車的光束掃視過路邊受難人家，家家戶戶，整條街道，都傳出悲慘的哀嚎與驚叫，這種情節，從來就只有在電影裡面看過，沒想到，會這樣眞實發生……」

雖然事隔多年，可是，當如閑說起，她的記憶卻是那麼地鮮明，眼裡也還有著驚慌的淚水。

「我們這裡還算好的，中寮村才慘，罹難將近兩百人，每走幾步路就會看到房子倒塌，有人跪在土堆前面搥胸痛哭的，也有人徒手在挖倒掉的房子，眼中空洞無神，那個時候的臨時停屍間，二十四小時不斷送進屍體，面對這樣哀鴻遍野，沒有人可以平靜接受，每個人，不管老老小小，無不深刻感受椎心泣血的巨大悲慟。

「老天眞是殘忍得可怕，一下子，帶走這麼多條人命，那些人之中，多的像是邵強這樣年輕，他們的人生都還沒眞正的開始，我不懂，到底邵強做錯了什麼，他爲什麼要受到這樣的苦難？

「直到現在，我也已經記不得他的臉了，妳不知道，當我看到他的模樣，最後一眼，卻永生難忘他那個樣子，好可怕，如果不是他的家人在旁邊哭天搶地喊著他的名字，我根本認不出來，躺在那裡的就是平常嘻嘻哈哈，老是愛捉弄人的邵強。」

我靜靜站在店面的外頭，難以置信的淚水直落，想著邵強調皮搗蛋的樣子，想著他說喜歡我的樣子，想著他的每個樣子，我甚至還自以爲是地覺得，他會隨時從背後忽然跳出來嚇我。

「他原本可以逃過一劫的……」如閑的一言一語仍在耳邊訴說，沒有停過。

商店門口「叮咚」一聲地開啓，我看見一個神似邵強的年輕男孩，背對著我，烈陽曬得他已經滿頭大汗，卻還是吃力地搬貨，一跛一跛地拖行，步履蹣跚，看得出來，當年的災難在他腿上遺留下永遠無法癒合的傷。

「邵強先是跑出屋外，又折回去拉著他弟弟要逃，誰知道，在那短短幾秒之間，獲救的人卻是他的弟弟，不是他……」

我掩面，抑止不住傷心欲絕的眼淚，更承受不了天人永隔的殘忍事實，造化弄人，現在，就算吶喊成千上萬次對不起，都再也沒有任何意義。

亦恩摟著激動的我入懷，痛哭的眼淚沒有停歇，溼濡了他的衣衫，更將我僅剩的理智淹滅，久久無法平復。

結束旅程，送走傷心，忘記自己究竟花了多久的時間才整理好情緒，回到魁北克，我沒再對任何一個人說起從前的事，我想，有關集集的一切，就讓它都停格在那段身穿白襯衫藍百褶裙的歲月裡，靜靜地、牢牢地鎖在心上，不再翻閱，深怕一個不小心觸及，自己又要淚流成河。

對於邵強的死，我還是沒能接受，他也再也聽不到我遲來的抱歉，只能默默地沉積在心底。

魁北克的時間，仍舊滴滴答答地流逝，絲毫不會爲了我的不捨得而慢下腳步，回去之後，恢復原本簡單的學校住宿生活，上課、趕報告、打電話給姑姑寒暄，偶爾，也和身在另一個城市念研究所的亦恩出門走走，曬曬太陽、喝杯咖啡。

我開始忙碌，除了課業與愛情，還在課餘時間打工，努力學習如何關懷週遭的事物，與人們溝通，學習獨立與堅強，期待自己的成長。

幾個月後，我在冬雪就要融化的早春，一個陽光和煦照耀的午後收到了從台灣寄來的包裹，仔細端詳上面熟悉娟秀的字跡，滿心驚奇地發現寄件人竟然是久未連絡的紫萸。

懷著興奮不已的心情，我將包裹寶貝似地捧在掌心，不理會姑姑疑問的眼光，連大衣都忘了披上就出門，堅持來到寧靜的綠湖畔才要細細品味紫萸捎來的消息。

這個時節的魁北克，湖畔還覆蓋著薄冰，山峰樹林也尚未褪去結霜的冬衣，不敵空氣裡透著水氣的寒意，我坐在亦恩小木屋門前的階梯上搓手呵氣，然後才笨手笨腳地拆開信封。

低頭，我嗅到台灣早先一步春天的氣息，心上頓時暖和起來，裡面有著幾張水藍色信紙整齊地摺疊在一起，那是紫萸最喜歡的顏色，另外隨信附上的是一本看起來老舊的書本，不知道那是什麼，於是我將它先擱在一邊。

39

親愛的君簡，好久不見，我是紫萸，還記得我嗎？

端起信紙，我好認眞地讀著上面的字，深怕一個不小心就會錯過什麼似的。

聽如閑說，妳回來過台灣，回來過集集了，這麼多年，都沒有妳的消息，知道妳過得很好，我才放心……

我們在這也都安好，如閑終於如願生了個漂亮的女生，五官和她相像，不過就是愛哭了點，她用我們兩個的名字取作「君萸」，硬是要我當了這孩子的乾媽。

而楊明軒前陣子也帶了個清清秀秀說是他女朋友的女孩來鎭上玩，我和如閑都覺得這女孩與妳有著幾分相似的氣質，雖然沒說，但我看得出來她還是很在意他的。當年，妳離開了台灣後，他們兩個都不好過，我想這些如閑都和妳說了，就不再重提，只是，有時眞的覺得距離那段日子好遙遠。

寫這封信，主要是告訴妳我也過得很好，今年畢業就要去醫院實習，君簡，我後悔念了護專，害怕穿上護士制服，說眞的，看過這麼多生老病死，我還是無法平靜，連當年邵強的離去，至今我還是很難接受，只能告訴自己，他會繼續活在我心裡。

對不起，當初我沒對妳坦承，其實，我是喜歡邵強的。

不告訴妳，是因爲他喜歡的是妳，他的眼裡只看得見妳，但是我覺得很驕傲，他很有眼光，因爲妳是我最要好的好朋友。

君簡，讓妳知道這些會不會有點多餘呢？畢竟都是好久好久以前的事了，可當如閑轉告我，妳們聯絡上的消息，我眞的很開心，而且，第一個想到的便是一定要告訴妳這件事。

看到包裹裡的那本書了嗎？答應我，請妳一定要將它讀完，因爲，那是邵強再也無法開口對妳說的話。

不要覺得驚訝，更不需要內疚，我知道妳心軟，一定對於過去做錯的事以及說錯的話耿耿於懷，所以在這之前，我想告訴妳，君簡，喜歡妳，是邵強生前最快樂的事，如果妳因此感到抱歉，他會很難過的。

對了，知道我是怎麼發現這個祕密的嗎？地震之後，我到過他家幫忙整理家園，無意間發現這歷史課本內頁都是密密麻麻的字，妳知道，邵強從來，都不是上課會認眞做筆記的那種學生，好奇地翻了翻，竟然發現都是他隨手寫下的心情，我好震驚，更深信這就是邵強要藉我將它交到妳手上的。

我知道妳會再回來，因爲妳是個念舊的人，所以我下定決心有天一定要將它交給妳，終於，讓我等到了，邵強知道一定會很開心的……

顫抖的雙手拿不穩紫萸信紙上沉重的字句，眼眶滾動熱燙燙的淚模糊了視線，讓我再也看不見，也唸不下去後來還寫了些什麼，紫萸，妳總是這麼體貼善良，善良得讓我幾乎要痛恨死自己。

此時此刻，腦海眼前滿滿都是邵強的影子重疊，忽地，我覺得心臟隱隱作痛，原來那埋藏心底的無限感傷和歉意已然狠狠撕開。

奪眶而出的淚水打在泛黃的書本上，卻怎麼也無法洗淨歲月沾上的痕跡，我們曾經美好的日子，現在卻看來如此殘破不堪，一想到邵強的生命就永遠停留在這書頁裡，再也不可能和我們一起長大然後變老，鼻一酸，眼淚更是難以抑止地奔流。紫萸，我答應妳，會好好地將它讀完，邵強，我答應你，我一定……

只是，真的不知道需要多麼強大的勇氣，才能翻開那寫有你心情的第一頁。

40

於是，我將那老舊的書本放在膝上，細心閱讀。

泛黃的紙頁上，頁碼處還沾上了當年地震遺留下的污漬，邵強用藍色原子筆寫下欲言又止的文字，有些潦草，但卻很眞實。

輕聲嘆息，不知怎地，就像是不甘心被遺忘似的，總在以爲就要告一段落之際又被猛然扯出。

十五歲那年的故事啊，我想起了那個被我傷透心的男孩……

我在三年七班的第一天

導師名言——我們這個七班，是個有紀律的班級！

天哪，這是什麼鳥班級，班上有個超級機車的導師就算了，怎麼連同學都看起來呆呆的，每個都長得一副乖寶寶臉呀？看來我的國三眞的沒搞頭了……

天哪、天哪……

我在三年七班的第三天

其實，好像也不是這麼無趣的嘛，昨天和阿軒一起去學校陪做教室布置，發現那個學藝股長眞的很「口」愛，阿軒說她叫做沈君簡，之前是美術班的，難怪一副涉世未深的樣子，感覺好像住在城堡裡的小公主，不過，以一個公主而言，這個沈君簡的脾氣似乎不太好，又愛哭，還好我很會講笑話，最後總算把她逗笑了，不然我這搞笑小天王的面子往哪擺呀……

我在三年七班的第十七天

也許她是個勇敢的公主，我一直以爲她和別的好學生一樣，可是今天她竟然和導師頂嘴耶，眞是太帥了！

我在三年七班的第二十三天

機車咧！

導師憑什麼這樣對她？因爲上次她和導師頂嘴就可以這樣整人報復嗎？一下叫她拿聯絡簿、一下又拿週記考卷，我想幫她跑腿，她又不要，說什麼這是她的職責，就寧願自己這樣跑來跑去，最後被導師臭罵。

導師指著她囂張大罵的時候，我好想要起身衝出去擋在她前面，只是，阿軒比我快了一秒，他挺身而出，幫她說話，雖然很謝謝阿軒的解圍，但不知道爲什麼，我比較希望當時見義勇爲、英雄救美的那個人是我。

P.S.看見她哭成那樣，覺得好捨不得，可是提不起勇氣遞面紙給她擦眼淚，只能講冷笑話逗她，其實我知道，她是需要安慰，才不是那些很無聊的冷笑話，不過，安慰的話我就是說不出來，所以我想，我是俗辣。

我在三年七班的第四十天

咦，忽然發現這本課本好像都要變成我的週記了，哈哈，不過，最近眞的有點煩，喜歡一個人的感覺是不是就是這樣？我知道，她才不會喜歡我，因爲她的眼睛從頭到尾都只黏著阿軒，那爲什麼我會知道呢，因爲我的眼睛也都只黏著她呀，連體育課排球的補考想要幫她，她都不領情，唉，眞慘。

不過我的難過跟她相比就變得微不足道了，放學的時候，阿軒竟然就放著她一個人，說要和葉如閑去吃冰，這傢伙簡直有異性沒人性，可是我很感謝他，因爲這樣我才有機會和她獨處，陪她走回家。

天哪，我喜歡沈君簡，想到還眞害羞。

我在三年七班的第六十天

被記大過的感覺，像是被判了死刑一樣。

念書眞的這麼重要嗎？我不懂。

他們一直問我爲什麼要幫嚴靜雯那種人揹黑鍋，我也不知道，只是覺得，像沈君簡、嚴靜雯她們那種有著大好前途的乖寶寶不需要爲了這種小事被畫上汙點，何況作弊，誰沒有過？看到沈君簡擔心的樣子，有點感動，可是我現在是記了一支大過的壞學生，實在該離她遠一點的。

被老爸用水管打成一條條紅色的傷痕還在流血，可是只要想到沈君簡，好像就不痛了。

導師說這星期要開家長會，去他的家長會，總是逮到機會就要整人，來呀、來呀，不管什麼莫名其妙的罪名和審判都丟在我身上好了，反正我是一個沒有未來的人，可笑的世界，我是一尊被人操縱的木偶……

我在三年七班的第六十三天

可笑。

她怎麼會以爲我喜歡的是嚴靜雯？難道，她都沒有發現我看她的眼神和別人不一樣嗎？沈君簡，我喜歡的是妳，是妳啊，這個笨蛋，就算沒說，大家也都看得出來，唉，不能怪妳遲鈍，因爲妳的心思一直都在阿軒身上吧，阿軒說了，他喜歡的是葉如閑，但是要怎麼告訴妳呢？

妳在涼亭對我說出那些話的時候，我好生氣，眞的差點就要說出來，說出我其實眞正喜歡的人是妳。我一直，都在妳看不見的角落，默默守著妳，看妳哭、看妳笑、看著妳的一舉一動，靜靜地不去打擾，因爲我知道妳喜歡的不是我。

沒有關係，眞的沒有關係，我可以了解妳的心情，只是，我也不想妳誤解，我……我到底該怎麼做啊？林紫萸總是告訴我要愛妳所愛的，好吧，只要妳開心，我就會那樣做，加油，沈君簡，我挺妳！

只是，喜歡妳的感覺，我要很努力地藏起來了，喜歡妳，沈君簡，我喜歡妳，很喜歡。

分班的第七十七天

告訴我，要怎麼做才能讓妳開心？

我眞的好痛苦，原來喜歡一個人的感覺這麼難受，我說話不算話，我再也守不住自己和自己定好的事，明明說要把對妳的喜歡藏起來的，可是，我眞的辦不到，妳哭的樣子，讓我很心痛又無能爲力，告訴我，我能爲妳做些什麼？上次私下找過阿軒聊，他是我最好的哥兒們，當然我也知道這種事是強求不來的，但是我想不到什麼更好的辦法幫妳了。

妳知道嗎？每次妳流著眼淚看他們，我都會爲妳傷心，好想抱住妳，不讓妳再受委屈，想給妳世界上最幸福的愛情，可是那天在綠色隧道，我抱著妳，妳卻把我推開，在那時候我很清楚看見妳眼中的嫌棄。

我忘了。

我忘了，自己沒有資格抱妳，我忘了，妳是爲誰哭得楚楚可憐，我忘了，妳在那大樹上刻著誰的名字，我忘了妳喜歡的根本不是我，可以給妳妳所要的幸福的人根本不是我。是他，是阿軒，是那個和葉如閑熱戀的阿軒。

說眞的，我好羨慕阿軒，也很不甘心，爲什麼那個人不是我。今天一連發生了好多事，也被處罰得很慘，可是我一點感覺也沒有，畢竟，都已經被記上了一支大過，就算多了第二支也沒關係，但是，妳生氣地哭喊著討厭我，我很傷心，什麼是心如刀割，我想我終於懂了，回到家，自己一個人悶在房間，竟然就這樣哭了，男兒有淚不輕彈，還好沒有人發現，沈君簡，對不起，我不知道，到最後竟然惹妳討厭了。

現在，凌晨一點多了，算是九月二十一日了吧，我決定，不再寫下任何喜歡妳的字了，今天開始，我決定不會再跟妳說話、再打擾妳、再逾越妳的世界一步，好難喔，可是與其讓妳討厭，我還寧願離妳遠遠的，讓妳眼不見爲淨，只希望這樣可以讓妳高興一點。

沈君簡，我喜歡妳，眞的很喜歡妳，這是我最後一次對妳說這句話了，因爲沒有辦法親口對妳說，所以寫在本子上，這本課本的心情週記到此爲止，一九九九年九月二十一日，只要妳再開開心心就好了。

闔上寫有日期的那一頁，也是邵強離開人間的那一天，我的淚，始終沒有停過，風，從很遠很遠的地方吹來，輕柔地撫過絲絲長髮像是誰的安慰。

亦恩不知道什麼時候來的，靜靜爲我披上了他的大衣，擁我入懷。

眼淚承載著很久以前的傷心抱歉以及邵強默默祝福的感動，從眼眶發燙然後重重跌落，那一瞬間，積淤著淚水的視線看見邵強，站在亦恩與我的面前，好認眞地叮嚀著我們一定要開開心心地活著。

頓時，我有些明白了。

「如同你所說的，你在我身邊，」靠在亦恩懷裡，我輕輕說，「邵強，你一直，都在我看不見的角落，默默守著我，看我哭、看我笑、看著我的各種樣子，對不對……」

是呀，你一直都在，從來沒有離開，只是我遲遲沒有察覺而已。

謝謝你，邵強。

這一秒，我微微笑，閉上眼，釋出最後對他的不捨以及歉意，化成了然於心的淚水，那些曾經傷人的、難言的、不堪回首的，都在自己恍然悟得之際，乘著風，幻化成一道氣流，消散在天地之間，釋懷，然後解脫。

轉眼，邵強已經走了，我看見蔚藍天邊飄浮的雲朵，是那麼地輕鬆悠遊，我知道，他終於去了該去的地方。

謝謝你，謝謝你總是那麼大方地給予我祝福。

謝謝你，謝謝你總是那麼掛念著我的一切與生活。

謝謝你，謝謝你像天使般的默默守候，默默伴我走過那段美好的青春歲月。

知道嗎？不要再放心不下，我一定會好好照顧自己，會過得很幸福，會把你對我的支持轉換成最巨大的能量，好好珍惜身邊所有愛我的人及我愛的人。

邵強，你也是。

答應我，請答應我，你也要幸福。

「今天，一九九九，九月十九，我們五個的友誼一定可以長長久久的啦。」

【全文完】

鳳凰網路文學大賞首獎

「在看似不經意間，流露出令人心疼的張力。」

——名作家張曼娟感動推薦

蜘蛛之尋

莊軻　著

關於往事，我始終不能、也不該忘記，
那是一段無法抹滅的過去，
我不願回憶起，卻又不能夠擺脫，
於是，我選擇了麻木。
不輕易交付承諾，也許就不會有人傷心，
專注地耽溺在每一個當下，真心的激情裡，
而我仍願意相信，過盡千帆後，
我會找到一雙，讓我安心停泊的眼睛。

鳳凰網路文學大賞得獎作品

動盪的年代、最深情不渝的等待

離歌

西兒　著

一九五〇年代，一個在中國出生，在法國受教育，最後輾轉流浪到越南西貢，傳奇而神祕的女子；
以及一個生活在二十一世紀，創作生涯遭逢瓶頸的女作家。
一本查不到原出版社與原作者資料的小說，竟讓兩個年代、兩個女人的這兩段人生，在這樣毫無交集的時空中糾纏交錯。
漫長的過去與未知的現在，難捨的回憶與光明的未來，
當我們終於體會到那些曲折纏綿，我們終將明白：真愛，是一生的想望。

商周出版叢書目錄

網路小說系列

書　號	書　　名	作　者	定　價
BX4001	妹妹	堅果餅乾	180
BX4002	You are not alone，因為有我	魔法妹	180
BX4003	只在上線時愛你	Yuniko	180
BX4004	我的 Mr. Right	Prior (噤聲)	180
BX4005	貓空愛情故事	藤井樹	180
BX4006	祕密	Hinder	180
BX4007G	我們不結婚，好嗎	藤井樹	200
BX4008	蟑螂與北一女	Cleanmoon	180
BX4009	看見月亮在笑偶	湯米藍	180
BX4010	曖昧	Kit (林心紅)	180
BX4011	這是我的答案	藤井樹	180
BX4012	藍色月亮	堅果餅乾	180
BX4013	我們勾勾手	Hinder	180
BX4014	遇見你	Sunry	180
BX4015	日光燈女孩	Tamachan	180
BX4016	阿夜的玫瑰還有我	月亮海	180
BX4017	我不是他太太	Kit (林心紅)	180
BX4018	白帶魚的季節	Sephroth	180
BX4019	我是男生，我是女生	Seba (蝴蝶)	180
BX4020	有個女孩叫 Feeling	藤井樹	260
BX4021	糖果樹情話	吐司 (truth)	180
BX4022	對面的學長和念念	晴菜 (Helena)	180
BX4023	尋翔啓示	Hinder	180
BX4024	愛在西灣的日子	BLACKJACKER	180
BX4025	Your heart in my heart	Siruko (靜子)	180
BX4026	新婚試驗所	Sunry	180
BX4027	銀色獵戶座	薄荷雨	180
BX4028	十七歲的法文課	阿亞梅 (Ayamei)	180
BX4029	真的，海裡的魚想飛	晴菜（Helena）	180
BX4030	聽笨金魚唱歌	藤井樹	180
BX4031	沒有愛情的日子	Kit (林心紅)	180
BX4032	暗戀	堅果餅乾	180

BX4033	有種感覺叫喜歡	Vela (婉真)	180
BX4034	心酸的幸福	Sunry	180
BX4035	深藏我心的愛戀	Yuniko	180
BX4036	長腿叔叔二世	晴菜 (Helena)	180
BX4037	孤寂流年	麗子	180
BX4038	純真的間奏	薄荷雨	180
BX4039	那個人	Skyblueiris	180
BX4040	大度山之戀	穹風	180
BX4041	從開始到現在	藤井樹	180
BX4042	不穿裙子的女生	布丁（Putin）	180
BX4043	聽風在唱歌	穹風	180
BX4044	盛夏季節的女孩們	堅果餅乾	180
BX4045	B 棟 11 樓	藤井樹	180
BX4046	小雛菊	洛心	180
BX4047	巾幗鬚眉	Maga	180
BX4048	那個夏天	Sunry	180
BX4049	不要叫我周杰倫	布丁（Putin）	180
BX4050	Say Forever	穹風	180
BX4051	夏飄雪	洛心	180
BX4052	裸足之舞	夜之魔術師	180
BX4053	青梅愛竹馬	Trsita	180
BX4054	我在故事裡愛你	Vela	180
BX4055	這城市	藤井樹	180
BX4056	夏天，很久很久以前	晴菜 (Helena)	180
BX4057	紅茶豆漿	Singingwind	180
BX4058	Magic 7	Kit (林心紅)	180
BX4059	雨天的呢喃	貓咪詩人	180
BX4060	黑人	Killer	180
BX4061	不是你的天使	穹風	180
BX4062	你在我左心房	Sunry	180
BX4063	天使棲息的窗口	晴菜 (Helena)	180
BX4064	月光沙灘	薄荷雨	180
BX4065	圈圈叉叉	穹風	180
BX4066	我的學弟是系花	布丁(Putin)	180
BX4067	Because of You	穹風	180
BX4068	我的理工少爺	阿古拉	180
BX4069	十年的你	藤井樹	180

BX4070	天堂鳥	Singingwind	180
BX4071	18℃的眷戀	Sunry	180
BX4072	人之初	洛心	180
BX4073	在那天空的彼端	貓咪詩人	

愛情主題館

書　號	書　　　名	作　者	定　價
BX7001	那一份暗戀心情	藤井樹、塔瑪江等	180
BX7002	愛情，就從告白開始	藤井樹、吐司等	160
BX7003	攜手走進愛情裡	Kit (林心紅) 、Sunry 等	160
BX7004	說再見的那一天	藤井樹、薄荷雨等	160
BX7005	擺盪，在思念的海洋	穹風、晴菜等	160
BX7006	說好要勇敢去愛	堅果餅乾、穹風等	160
BX7007G	尋找我的戀愛盒子	洛心、穹風、Yuniko 等	160
BX7008	唱首情歌給誰聽	晴菜、洛心等	160
BX7009	距離．愛情	薄荷雨、Sunry 等	160
BX7010	在重逢的片刻	Kit(林心紅)、穹風等	160
BX7011	屬於我們的紀念	singingwind、薄荷雨等	160

鳳凰網路文學大賞系列

書　號	書　　　名	作　者	定　價
BL8008	蜘蛛之尋	莊軻	220
BL8009	離歌	西兒	220
BL8010	熙若	馮晨真	220
BL8011	10 點 57 分	水兒	220

四分之三文學系列

書　號	書　　　名	作　者	定　價
BL8001	鬥魚電視小說	八大電視、洛心	220
BL8002	愛上編輯台	李冠蓉	180
BL8003	擁愛．愛詠	陳崇正	180

維特書坊系列

書　號	書　　　名	作　者	譯者	定　價
BK3001	伊莉複製莉伊	夏洛特・克爾娜	呂永馨	200
BK3002	薄冰上之舞	珮尼拉・葛拉瑟	蔡季芬	180
BK3003	偷莎士比亞的賊	葛瑞・布雷克伍德	胡靜宜	200
BK3004	比奇顏，迷失的渡鴉	理察・瓦格梅斯	林劭貞	260
BK3005	替莎士比亞抄劇本的人	葛瑞・布雷克伍德	胡靜宜	220

◎郵政劃撥訂購方式：

戶名：英屬蓋曼群島商家庭傳媒股份有限公司城邦分公司

劃撥帳號：19833503

請至郵局索取劃撥單，填上戶名以及劃撥帳號，並於劃撥單背面寫上欲購買的書籍之詳細書名、本數、您的大名、聯絡電話與寄書地址，在郵局櫃檯直接付款。

劃撥購買恕不折扣。

國家圖書館出版品預行編目資料

在那天空的彼端／貓咪詩人著. --.初版.-- 台北市；
商周出版：民 94
面 ； 公分. --（網路小說；73）

ISBN 986-124-445-X（平裝）

857.7 94012696

在那天空的彼端

作　　者／貓咪詩人
副總編輯／楊如玉
責任編輯／陳思帆

發 行 人／何飛鵬
法律顧問／中天國際法律事務所　周奇杉律師
出　　版／商周出版
台北市 104 民生東路二段141號9樓
電話：(02)25007008　傳真：(02)25007759
e-mail：bwp.service@cite.com.tw
發　　行／英屬蓋曼群島商家庭傳媒股份有限公司城邦分公司
台北市 104 民生東路二段141號2樓
書虫客服服務專線：(02)25007718・(02)25007719
24小時傳真服務：(02)25001990・(02)25001991
服務時間：週一至週五09:30-12:00・13:30-17:00
郵撥帳號：19863813　戶名：書虫股份有限公司
讀者服務信箱E-mail：service@readingclub.com.tw
歡迎光臨城邦讀書花園　網址：www.cite.com.tw
香港發行所／城邦（香港）出版集團有限公司
香港灣仔軒尼詩道235號3樓
Email：hkcite@biznetvigator.com
電話：(852) 25086231　傳真：(852) 25789337
馬新發行所／城邦（馬新）出版集團
Cite(M)Sdn. Bhd.(458372U)11, Jalan 30D/146, Desa Tasik,
Sungai Besi, 57000 Kuala Lumpur, Malaysia.
電話：(603)9056 3833　傳真：(603)9056 2833
email：citecite@streamyx.com

版型設計／小題大作
封面繪圖／文成
封面設計／洪瑞伯
電腦排版／浩瀚電腦排版股份有限公司
印　　刷／鴻霖印刷傳媒事業有限公司
總 經 銷／農學社
電話：(02)2917-8002　傳真：(02)2915-6275

■ 2005年（民94）8月3日初版　Printed in Taiwan
■ 2007年（民96）6月22日初版9刷

售價／180元

ISBN 986-124-445-X

廣　告　回
北區郵政管理登記
台北廣字第 000791
郵資已付，免貼郵

104 台北市民生東路二段 141 號 2 樓

英屬蓋曼群島商家庭傳媒股份有限公司　城邦分公司

請沿虛線對摺，謝謝！

書號： BX4073　**書名：** 在那天空的彼端　**編碼：**

讀者回函卡

謝謝您購買我們出版的書籍！請費心填寫此回函卡，我們將不定期寄上城邦集團最新的出版訊息。

姓名：＿＿＿＿＿＿＿＿＿＿

性別：□男　□女

生日：西元＿＿＿＿＿＿ 月＿＿＿＿＿＿ 日＿＿＿＿＿＿

地址：＿＿＿＿＿＿＿＿＿＿

聯絡電話：＿＿＿＿＿＿＿＿ 傳真：＿＿＿＿＿＿＿＿

E-mail：＿＿＿＿＿＿＿＿＿＿

職業：□1.學生 □2.軍公教 □3.服務 □4.金融 □5.製造 □6.資訊
□7.傳播 □8.自由業 □9.農漁牧 □10.家管 □11.退休
□12.其他＿＿＿＿＿＿＿＿

您從何種方式得知本書消息?

□1.書店□2.網路□3.報紙□4.雜誌□5.廣播 □6.電視 □7.親友推薦
□8.其他＿＿＿＿＿＿＿＿

您通常以何種方式購書?

□1.書店□2.網路□3.傳真訂購□4.郵局劃撥 □5.其他＿＿＿＿＿＿

您喜歡閱讀哪些類別的書籍?

□1.財經商業□2.自然科學 □3.歷史□4.法律□5.文學□6.休閒旅遊
□7.小說□8.人物傳記□9.生活、勵志□10.其他＿＿＿＿＿＿

對我們的建議：

＿＿＿＿＿＿＿＿＿＿

＿＿＿＿＿＿＿＿＿＿

＿＿＿＿＿＿＿＿＿＿

＿＿＿＿＿＿＿＿＿＿